Fritz Mauthner

Einsame Fahrten

Plaudereien und Skizzen

Fritz Mauthner

Einsame Fahrten
Plaudereien und Skizzen

ISBN/EAN: 9783743362741

Hergestellt in Europa, USA, Kanada, Australien, Japan

Cover: Foto ©Andreas Hilbeck / pixelio.de

Manufactured and distributed by brebook publishing software (www.brebook.com)

Fritz Mauthner

Einsame Fahrten

Einsame Fahrten.

Plaudereien und Skizzen

von

Fritz Mauthner.

Leipzig.
Verlag von Edwin Schloemp.
1879.

Der Herr der Schmuggler.

Eine Alltagsgeschichte aus dem Böhmerwalde.

Der Franz Dörr ist der reichste, der frömmste und der ehrbarste Mann im südöstlichen Böhmerwalde. Er ist der frömmste, denn der Herr Pfarrer sagt es ja in jeder Sonntagspredigt, welche auf eines der großen Feste folgt; und daß der Herr Pfarrer an jedem großen Feste einen Rehbock oder eine Wagenladung Holz oder ein Fäßchen Bier, je nach der Jahreszeit, vom Dörr in die Küche gestellt bekommt, ist nur ein weiterer Beweis für dessen Frömmigkeit.

Daß derselbe auch der ehrbarste Mann auf zehn Stunden in der Runde ist, das bestätigen außer dem Herrn Pfarrer auch die Behörden. Seit seiner Geburt und Taufe hat weder das Gericht noch das Kirchenbuch seinen Namen von Nöthen gehabt — nicht einmal bei Gelegenheit einer seiner Verbindungen mit den Töchtern des Landes. Daß der Dörr vor mehr als dreißig Jahren sich in Passau auch einmal wirklich und förmlich verheirathet hat, ist eine längst vergessene Geschichte. Seine Frau, die einzige Tochter eines bald nachher verstorbenen reichen Holzhändlers in Passau, — „konnte das Klima des Böhmerwaldes nicht aushalten," sagte der Dörr; „sie hat sich überarbeitet," hieß es in der Gegend.

Er hat von ihr auch einen Sohn gehabt. Was kann der arme Vater dafür, daß der Sohn schon in frühester Jugend — er war damals nicht viel über zwanzig Jahre alt — sich gegen das göttliche Recht der väterlichen Züchtigung auflehnte, daß er einmal, mit blutrothen Striemen bedeckt, fortlief und nicht wiederkam, wenigstens nicht lebendig. Als er anno 59 in Italien erschossen wurde, ließ der Vater die Leiche kommen und einen Grabstein setzen, den schönsten von der Grenze bis Prag.

Franz Dörr soll dann einmal — eben auch in Passau — einem jungen Ehemanne, dessen Frau ohne Grund um Hilfe schrie, und der ihn die Treppe hinunterwerfen wollte, ein Auge ausgeschlagen haben. Das kann aber unmöglich wahr sein, denn Franz Dörr hätte dafür doch mindestens zwei Jahre sitzen müssen, und er kam schon nach fünf Monaten vergnügt auf sein Gut zurück. Uebrigens war er österreichischer Unterthan, und „was in Passau passirt" meinte er oft, „geht Keinen etwas an." Denn er war auch witzig.

Das Merkwürdigste am Franz Dörr ist sein Reichthum Eine Stunde der Grenze entlang und tief nach Böhmen hinein gehören Wälder und Felder ihm. Außerdem manches schöne Stück bayrischen Landes, wie es der Zufall einstmaliger Abgrenzung in seine Güter hinein versteckt hat, und endlich ist er Hausbesitzer in Passau. Es ist das ein großes Haus an der Donau, trägt ihm Zinsen und der ganze erste Stock ist seinem eigenen Gebrauch vorbehalten. Ja im Januar, wo im Böhmerwalde nur wenig zu schaffen ist, da treibt er's nobel in Passau. Alle Zimmer des ersten Stockwerks sind glänzend eingerichtet und Abends giebt er Gesellschaft, alle Tage. Es sind gewöhnlich mehr Frauen als Herren dabei. Beim Fortgehen begleitet jeder der Herren eine Dame nach Hause und leider bleiben da immer einige ohne Begleitung. Der Dörr stellt ihnen aber seine ganze große Wohnung zur Verfügung. Ja der Herr Dörr ist nobel, durch und durch nobel. Einmal hat er beim ersten Juwelier von Passau ein Armband bestellt. „Der Preis ist mir egal," hat er gesagt, „aber ein Pfund Gold muß hinein."

Der Fürst geht im Winter zur Unterhaltung nach Wien, der Franz Dörr fährt eben vierspännig nach Passau. Der Dörr soll auch manche andere Aehnlichkeit mit dem Fürsten haben, namentlich in den Gesichtszügen. Die Leute aber die solches behaupten, und daß die Aehnlichkeit mit dem Fürsten den ersten Grund zu seinem Reichthum gelegt habe und daß deshalb die Gerichte ihm nichts anhaben können, alle diese Leute lügen. Merkwürdig ist es freilich doch damit, wie gesagt. Erst hat der Dörr, der Sohn einer armen Bauermagd, ein ganz handliches Gütchen „geerbt." Von wem? Die dumme Frage; Sonntagskindern fallen die reichen Verwandten vom Monde.

Und wie sich dann der Wohlstand Dörr's gehoben hat!

Gottes Segen war sichtlich mit ihm. Zwar waren seine Felder nicht fetter als andere, zwar waren seine Wiesen sauer und seine Wälder wurden erst durch den großen Sturm, dann vom Borkenkäfer arg mitgenommen, ein anderer Bauer wäre dabei zu Grunde gegangen, der Dörr aber lachte nur und sagte: „den Windbruch habe ich mir expreß beim Teufel bestellt!" und wurde von Jahr zu Jahr reicher.

Natürlich hatte er Neider. Theils wegen seiner Frömmigkeit, theils — und zwar größtentheils — wegen seines Reichthums. Diese Neider — zu welchen alle Leute weit und breit gehörten — brachten nun das Gerücht auf, Franz Dörr, der fromme, ehrenhafte Franz, wäre ein großer Schmuggler. Damit machten sich seine Neider aber einfach lächerlich. Denn erstens lachte der Dörr selbst unbändig, wenn er davon hörte, und zweitens lachte der kaiserlich königlich österreichische Oberaufseher, wenn ein so recht erbitterter Neider das Gerücht zu den Ohren des Amtes brachte.

Das Amt war nämlich der Oberaufseher. Die Antwort des Oberaufsehers Wenzel auf eine solche Anzeige pflegte ungefähr so zu lauten: „Seit's alle mitsammen Gesindel! Schmuggelt Alle, nur daß ich Euch nicht kann erwischen, Bande verfluchte! Der Dörr aber, sag' ich, mein guter Freund sag' ich, der ist Einzigster, was nicht schmuggelt. Denn warum? Erstens weil er es nicht mehr nöthig hat, und zweitens, weil ich ihn noch nie dabei erwischt hab'. Du aber geh' nach Haus und sei froh, daß fünf und zwanzig sind abgeschafft. Wenn aber wiederkommst, kriegst Straf' wegen Belästigung des Amts. Belästigung des

Amtes, das ist nämlich, was früher fünf und zwanzig war."

Nach einer so langen Rede hatte der Oberaufseher gewöhnlich Durst. Der Neider zahlte also nach Umständen ein Glas Bier oder Schnapps, denn er fürchtete die „Belästigung des Amtes." Dann machte sich der Wenzel auf den Weg, da seine Pflicht ihm gebot, die Anzeige nicht unberücksichtigt zu lassen. Wenzel machte also den dreistündigen Spaziergang vom Hintenreuther Wirthshause — Hintenreuth ist das einzige Dorf dieser Landschaft — bis zu dem einsamen Hause Dörr's. Dort kannten ihn Alle; der Hund bellte nicht mehr bei seiner Ankunft, der Oberknecht versteckte seine lange Flinte nicht, die erste Magd, Zensi, ging ohne Befehl in den Keller, holte eine ganze Flasche Rothen und wenn sie dieselbe in die große Stube brachte, saßen der Bauer und der Wenzel schon vertraulich bei einander. Die beiden Männer lachten viel. Und Zensi mußte so oft in den Keller wandern, daß Wenzel von ihrer Mühe schwere Füße bekam und das Nachhausegehen ihm hart wurde.

Niemand soll aus der Häufigkeit von Wenzels Besuchen schließen, daß er und der Dörr unter einer Decke staken. Damit, daß beinahe niemals ein Schmuggler erwischt wurde, hatte es allerdings seine Richtigkeit. So viel auch die Wächter, zwanzig Mann unter Wenzels Befehl, in den Wäldern der Grenze umherschweiften, ein Schmuggler war nicht anzutreffen. Nur wenn ein Personenwechsel vorkam und ein neuer Grenzsoldat dem Bezirk von Hintenreuth zugetheilt wurde, dann geschah mitunter ein kleiner Unglücksfall.

So ein junger Naseweis, den sein Chef Wenzel regelmäßig für einen Spion hielt und darum nicht sofort in die Geheimnisse seiner Strategie einweihte, so ein neuer Ankömmling taumelte ohne Kenntniß des Terrains, ohne Plan und ohne Vorsicht im Gebirge umher und stieß dann mitunter wirklich auf ein Trupp Menschen, welche schwere Lasten trugen oder führten. Dann geschah von dreien Dingen eins. Entweder der Grenzjäger wurde todtgeschossen oder er überrumpelte einen oder wenige Schmuggler, trieb sie in die Flucht und schoß einen nieder, wobei allerdings sich auch hinterher noch der erste Fall ereignen konnte. Oder endlich der junge Grenzjäger lief davon. Letzteres gewöhnte er sich bei längerem Aufenthalte in Hintenreuth am Ende auch immer mehr an; doch begegnete er den Schmugglern um so seltener, je länger er sich des Umganges mit den planvollen Wenzel erfreute.

Nur in seltenen Ausnahmefällen geriethen die eingelebten Finanzwächter und die Schmuggler aneinander. Ein solcher Fall brachte einmal sowohl den Dörr als den Wenzel in großen Zorn. Einer der jungen Arbeiter Dörrs und ein Finanzsoldat stellte nämlich demselben Mädchen nach, welches sich der Liebe ihrer beiden Anbeter gutmüthig hingeben konnte. Denn der Arbeiter hatte nichts zu thun, wenn die Finanzwache auf die Schmuggler vigilirte und wenn der Arbeiter auf Schmuggeln aus war, dann ruhte der Soldat. So war es langjährige Uebung im Hintenreuther Grenzbezirk.

Endlich aber wurde den beiden Nebenbuhlern ihr unmoralisches Verhältniß auch lästig und sie beschlossen, daß selbe wegen dieser letzten Eigenschaft zu lösen. Der Schmuggler meldete seinem Gegner, er werde mit einem Packet von Tausend seiner Cigarren über die Grenze kommen. Am dunklen Plöckensteiner See sollten sie sich treffen. Wer den anderen zuerst erblickt, der schießt. Der Ueberlebende behält die Cigarren, das Mädchen und das Kind. Man kann sich den berechtigten Zorn Dörrs vorstellen, als am anderen Morgen der Soldat todt und der Schmuggler, einer seiner besten Arbeiter, mit durchschossenem Bein aufgefunden wurde. Der Oberaufseher war zwar Anfangs stolz auf den Heldentod seiner Untergebenen; als aber der wüthende Dörr wegen des gelähmten Mannes, durch zwei Monate die gewöhnliche Sendung „Melniker" einstellte, — das machte 16 Flaschen, 16 Flaschen für ein Bein! Ob der Dörr das Blut seiner Leute nicht hoch zu schätzen wußte! — da zürnte auch der Oberaufseher. Bei der nächsten Visitation wurde die Eintracht jedoch wieder hergestellt.

„Visitationen" hießen die Massenbesuche, welche der Oberaufseher mit seinen Leuten dem Dörr mitunter machen mußte, wenn eine Mahnung von der Kreisstadt kam. Bis dorthin war das lügenhafte Gerücht von Dörrs Betheiligung an dem ausgebreiteten Schmuggelhandel gedrungen, ja ein junger Adjunct in der Kreisstadt behauptete sogar auf Grund der unglaubwürdigsten Aussagen von überführten Schmugglern, der Franz wäre das eigentliche Haupt der Schmugglerbande, er wäre der Kaufherr, der eigentliche Unternehmer, für den die ausübenden Schmuggler um ein Geringes „arbeiteten."

Wenn dann der Oberaufseher in Folge solcher Vorurtheile den Auftrag erhielt, über die Vermuthungen der Herren in der Kreisstadt Gewißheit zu verschaffen, dann lächelte er mit der breiten Ironie eines besser Unterrichteten. Aber dem Befehl mußte gehorcht werden. Also rückte der Oberaufseher mit seiner ganzen Armee in den Dörrhof ein, der Franz empfing die Gäste mit allen gebührenden Ehren, anstatt der Zensi mußten drei Mägde in den Keller laufen, so viel Wein brauchte man, und die Zensi mußte Schinken schneiden, bis sie müde wurde. Am Ende visitirten die Soldaten den ganzen Hof und waren dabei sehr lustig, wahrscheinlich darüber, daß sie gar nichts Verdächtiges vorfanden. Der Dörr mochte nichts Ausländisches. Sogar die Weinflaschen trugen die vaterländische Etiquette „Melniker". Und was war das für ein Melniker! der reine Burgunder! Der Franz Dörr steckte vor lauter Freude über die Anwesenheit kaiserlich, königlicher Finanzsoldaten ein kleines rothes Fähnchen auf seinem Dache auf, Nachts ein Licht hinter rothem Glase. Was konnte der ehrliche Franz dafür, daß die Schmuggler die Bedeutung seines rothen Freudenzeichens mißverstanden, und bei der Gewißheit, ihre Wächter säßen beim feurigen „Melniker" des Franz, ihren Handel mit noch größerer Unverschämtheit trieben als sonst.

Der Franz Dörr war also nicht nur ein reicher, er war auch ein frommer und ehrenhafter Mann; aber ganz ohne Fehl war er dennoch nicht. Er war jähzornig. Wenn seine guten Absichten nicht sofort begriffen wurden, wenn eine wohlwollende Regung gegen Männer oder Frauen falsch gedeutet wurde, dann konnte der gute Franz plötzlich all' seine ganze übrige Vollkommenheit vergessen und sich gebärden wie ein Waldsturm im Böhmerwald.

Namentlich zwei Geschichten sind dem Dörr durch seinen schlimmen Jähzorn zugestoßen, welche ihn hätten zur Einkehr bringen sollen, um so mehr, als die Hand Gottes sich dabei klar im Walten einer strengen Gerechtigkeit erwies. Denn bei der ersten Geschichte warf der Oberknecht Josef dem Dörr ein Beil vor den Kopf, bei der zweiten erfuhr der Josef eine Vergeltung. Der Herr ist groß und rächt jede Unbill, welche den Frommen widerfährt.

Die erste Geschichte ist kürzer zu erzählen und spielt um zwei Jahre und drei Monate früher als die zweite.

Der Josef war der stärkste Knecht des Dörr, der muthigste und der treueste. Er brachte im Winter das Holz zu Thale und wenn der Schnee noch so gefährlich sich um den Holzschlitten thürmte; er war der sicherste und der schnellste Bote und bestellte die schwierigen Botschaften des Dörr mündlich an dessen Geschäftsfreunde zuverlässiger als die Post dessen Briefe. Auch brachte er dem Dörr manches schöne Reh von solchen Botengängen heim. Das waren Geschenke des Königs von Bayern an den Franz Dörr. Wenigstens pflegte der Josef jedesmal, wenn er das Thier von der Schulter nahm, lachend zu melden: „Unser Nachbar, der Herr König, läßt auch schön grüßen." Die Beamten des benachbarten königlichen Forstes freilich behaupten, der Josef wäre ein Wilddieb. Als ob jeder gleich ein Wilderer wäre, der ein scharfes Auge und eine gute Flinte besitzt.

Des Josef's Liebste war die Zensi. Sie hatte keine kleinen Hände und Füße, aber eine breite hochgewölbte Brust, prachtvolle Zähne und wunderbare tiefblaue Augen. Wenn der Josef und die Zensi mitsammen im Grase auf der Lichtung des Schwarzenberges lagerten, und von der Arbeit ausruhten, dann legte er wohl seine Rechte schwer und fest um ihre Hüften, strich mit der linken seinen langen blonden Schnurrbart, und sie sangen alle Beide die Vier= zeiligen, die sie sich selber machten. Sie waren beide klug und lustig und mehr kann der Mensch überhaupt nicht sein als klug, lustig, brav und schön.

Die Zensi sang z. B.:

> Der Jo — Jo — der Josef thut schießen
> Nach Hirsch und nach Reh.
> Das Thier — Thier — das Thier das weint Thränen
> Und mir thut's nit weh'.

Und der Josef sang:

> Der Dörr — Dörr — der Dörr hat viel Wälder,
> Wie der Kaiser in Wien.
> Ich hab' — hab' — ich hab' nur ein Tännlein
> Das Tännlein bist Du.

Denn der Josef war schwächer im Reimen, dafür sang er um so schöner. Dann hielten die Holzhauer am Fuße des Schwarzenberges und drüben am Wildensitz wohl in der Arbeit inne lauschten und sagten: „der Josef und seine! Das ist ein Schlag!" Mit dem Schlag meinten sie freilich nicht ihren Gesang, sondern den kleinen Buben von 8 Monaten, der neben ihnen im Grase schlief, mit Wangen zum An-

beißen saftig. Auf dem Dörrhofe und dort herum machte
man sich, wie gesagt, nicht viel aus gesetzlichen Formsachen.
Verheirathet waren der Josef und die Zensi nicht.

Einmal kam der Josef mit heißer Stirn von der
Arbeit aus dem Walde heim. Auf dem Hofe schien ihn
die Zensi zu erwarten. Sie lief ihm von weiten entgegen, schlug ihm die Hände um den Leib, daß einem Anderen als dem Josef der Athem ausgegangen wäre, und
sagt ihm etwas ins Ohr halb lachend, halb ärgerlich. Da
nahm der Josef sein Beil fester in die Hand und trat eilig
in die Stube.

"Du," sagte er zum Dörr, "das darf nicht sein. Wenn
Du es noch einmal bei meiner Zensi versuchst, so bring ich
Dich um."

Da wurde der Dörr erst käsebleich, dann blauroth vor
Jähzorn; freilich geschah ihm Unrecht. Er hatte als frommer
Christ blos versucht, die Zensi aus dem unsittlichen Verhältniß mit Josef zu befreien und ihr den Antrag gemacht,
fortan lieber in seiner sauberen Stube zu wohnen, anstatt
mit dem wilden Josef in dessen Balkenhütte. Die Zensi
hatte schon widersprochen, nun kam auch noch der Josef,
es war zu viel.

Der Dörr griff in seinem Jähzorn nach der Pistole, be-
vor er aber ruhig zielen konnte, warf ihm der Josef das
Beil an den Kopf. Der Dörr hatte ein langes Wundfieber,
der Herr Pfarrer ließ ihn ein Testament machen, das im
Todesfalle — später widerrief es der Dörr — auf's
Neue von Dörr's Frömmigkeit Zeugniß abgelegt hätte, er

starb aber nicht sondern stand nach einigen Wochen wieder auf, und hätte er nicht eine häßliche Narbe auf der Stirne behalten, so hätte man an das Beil nicht mehr gedacht.

Der Dörr hätte eine gerichtliche Anzeige machen und den Josef verderben können. Er unterließ es, so gutherzig war er, freilich, ein rechtes Herz konnte er zu seinem Oberknechte nicht mehr fassen; seine Narbe wurde manches Mal glühend roth vor Jähzorn, wenn der den Josef und die Zenfi zusammen gehen sah. Er konnte eben nicht aufhören, ein so unchristliches Verhältniß zu haffen. — —

So ging die Sache weiter, 2 Jahre und 3 Monate, wie gesagt, der Dörr wurde immer reicher, der Oberaufseher Wenzel bekam den „Melniker" immer lieber, und Josef mit der Zenfi wurden immer luftiger, denn jedes Jahr brachte einen neuen Buben und der Schlag war prächtig.

Eines Mittags — es war ein heller, aber grimmig kalter Decembertag — wanderte der Oberaufseher Wenzel mit beinahe allen seinen Soldaten dem Dörrhofe zu. Es war ihm unbehaglich zu Muthe. Denn am Morgen hatte ihn der Neffe des Fürsten, Prinz Ottokar, ein schmucker Husarenlieutenant von zwanzig Jahren, aus dem Bette geholt, ihm eine der Mahnungen aus der Kreisstadt persönlich überbracht und befohlen, daß ein Streifzug gegen die Schmuggler unter seiner Mitwirkung stattfinden sollte.

Prinz Ottokar hielt sich im Böhmerwalde blos zur Jagd auf. Er war ein muthiger Bursche, bedauerte, daß die Bären des Böhmerwaldes seine Zeit nicht erlebt hätten, und fand auf die Länge keinen Geschmack an den Abschlachten der Hasen und Rehe. Er trennte sich darum plötzlich von der Jagdgesellschaft, unterrichtete sich bei dem Beamten der Kreisstadt über die Schmugglerverhältnisse und beschloß den Hinterreuther Bezirk aufzusuchen, wo allem Anscheine nach, noch die allergefährlichsten Schmuggler des Richters harrten. Prinz Ottokar schritt den Finanzwächtern leichten Fußes voran. Er freute sich des wolkenlosen graublauen Himmels, er freute sich der Landschaft, in der kaum einmal eine Krähe oder ein naher Baumstamm das grelle Weiß unterbrach, er freute sich auch seiner schönen Uniform und seines blitzenden Revolvers, dessen Kolben mit Silber ausgelegt war. Er sah sich schon im Geiste mit den Schmugglern kämpfen, sah sich möglichst schmerzlos verwundet — am bequemsten wäre ein Schuß in das Fleisch des linken Unterarmes! — sah sich im Prager Palais von Cousine Ida gepflegt, auf den Bällen des Adels mit dem Arm in der Binde erscheinen. Und wenn er erschossen würde? Bah, er war Soldat — und dann hatte ihn Cousine Ida jüngst mit seinem unfertigen Barte geneckt. Er wollte ihr beweisen ..... Lieutenant Prinz Ottokar war jung, sehr jung, aber ein wackerer Bursche.

Hinter dem Prinzen schritt ebenso hastig, doch widerwillig und öfters zögernd der Feldwebel Wenzel. Sein Entschluß stand zwar fest, er wollte die übliche „Visitation" vornehmen und hoffte dann unverrichteter Sache nach Hause zurückkehren zu können. Wie aber, wenn die Anwesenheit, des Lieutenants Alles verdarb? Wird der hochgestellte, furchtbar entschlossen aussehende junge Mann nicht Verdacht schöpfen? Wird er nicht einen Kampf mit den Schmugglern herausfordern wollen? Dem Oberaufseher Wenzel ward es immer unbehaglicher zu Muth; er wußte, wie schwierig es war, den Schmugglern auszuweichen, wenn man sich überhaupt im Freien befand.

Einen Augenblick lang kam ihm ein abscheulicher Gedanke. Wenn die Schmuggler den Prinzen todtschössen? Aber, nein, nein..., dann hatte er nur eine neue Ungelegenheit, es kam eine Untersuchung zu Stande, nein nein...

Ein Bäuerlein kam des Wegs, stellte sich seitab und grüßte demüthig die schimmernde Husarenuniform. „...n Tag!" grüßte der Oberaufseher nach Gewohnheit. „Wie wird das Wetter." —

„Am Himmel ist's schön," lautete die Antwort. „Aber auf dem Dörrhofe da donnerts". —

Als die kleine Truppe sich dem Dörrhofe näherte, stieg die Sorge des Oberaufsehers aufs höchste. Wenn es auf dem Dörrhofe donnerte, dann hatte wohl der Franz seinen schlimmen Tag, wo die Hunde sich verkrochen, wo die Mägde zitterten und der Wenzel nicht einen Tropfen Melniker bekam, und dann und wann redete der Franz Dinge in seinem Jähzorn, bei denen jeder Zeuge überflüssig war. Und heute, gerade heute mußte dieser bartlose Lieutenant mitlaufen! Und wie der lief! Als ob es so eine Freude wäre, sich die Schmuggler auf den Hals zu hetzen.

Jetzt konnten sie es schon donnern hören. Kein Mann war auf dem Hofe zu sehen, das bedeutete für den Oberaufseher, daß alle Knechte draußen bei der Arbeit waren, daß sie — natürlich hinter dem Rücken ihres Brodherrn — Schmuggel trieben. Die Weibsleute standen in Haufen vor der Thür des Bauernhauses. Drinnen wetterte der Dörr.

Der Lieutenant eilte rasch vor und wollte durch die Schaar der Mägde ins Haus eilen; diese flohen bei seinem Anblick scheu auseinander. Bevor er aber noch die Schwelle betreten, stieß ihn der Wenzel mit plötzlichem Entschluß bei Seite, öffnete langsam unter lauten Rufen die Thür, ließ seine Leute einen nach dem andern vorangehen, sprach einige überflüssige Commandoworte und trat endlich mit dem Prinzen in die Stube. Wenn es vielleicht seine Absicht war, durch die lauten Förmlichkeiten dem Franz einige Zeit zur Beruhigung zu lassen, so war die Zeit verschwendet.

Drüben, neben dem festen, breiten Bette, in welchem die Polster beinahe zur Mannshöhe sich empor thürmten, stand die Zensi. Mit der Linken hielt sie sich fest an dem massiven Bettpfosten und es mußte früher heiß zugegangen sein, denn das schwere Bett war ein wenig aus seiner Stelle gerückt. In der rechten Hand hielt die Zensi ein großes abgenutztes Küchenmesser, welches sie in dem Augenblick sammt der Hand sinken ließ, als die Männer eintraten. Ihre Augen blickten verächtlich und schadenfroh nach dem Dörrbauer. Dieser stand einige Schritte vor ihr; sein graues Haar, das die Stirn auf den kleinsten Raum einengte, war zerwühlt und gab dem untersetzten, zweiundsechzigjährigen Manne ein verstörtes Aussehen.

Die Augen glänzten fieberhaft, sie schimmerten wie von Thränen, seine Augen, die gar nicht weinen konnten. Er hielt die Lippen fest über einander gepreßt, ein noch vollkommen schwarzer Schnurrbart bedeckte die Mundwinkel. Jetzt öffnete er den Mund und überschüttete das Weib mit Schmähreden.

Der Oberaufseher sprach ihm zu, er solle sich doch umsehen und darauf achten, wer zugegen sei.

— „Das ist der Franz Dörr, Durchlaucht", sagte er dann zum Prinzen Ottokar unter scharfer Betonung des Titels. Doch der Dörr hörte nicht.

— „So klein werde ich Dich machen, Du..." schrie er das ruhig dastehende Weib an. „So klein sollst Du werden, Du und Dein Josef! Mir willst Du Dich widersetzen, mir, dem Franz Dörr, Du Dirne? Du Bettelmagd, Du, ich weiß nicht was, Du Nichts! Mir widersetzen! Einsperren laß ich den Josef! Niederschieß' ich ihn! Selbst! Alle halt' ich Euch am kleinen Finger, Alle, Alle! Ich laß den Josef niederschießen wie einen tollen Hund, zum Kaiser geh' ich, ich trenn mich von Euch, verdammte Schmugglerbande!"

Der Prinz wurde immer aufmerksamer, es war höchste Zeit, daß der Wenzel dazwischen trat.

— „Franz Dörr, sprach er und faßte dem Rasenden am Handgelenk unter der geballten Faust. „Franz," seine Durchlaucht ist hier! Seine Durchlaucht Prinz Ottokar! Seine Durchlaucht will die Schmuggler aufheben!"

Jetzt hatte der Dörr gehört. Jäh wandte er sich um,

sah den Lieutenant hier an, ohne zu grüßen, und maß dann die Stube mit raschen Schritten. Plötzlich blieb er vor dem Oberaufseher stehen. Einen Blick des vollsten Hasses warf er auf die Zensi, welche noch immer unbeweglich dastand und schon anfing, die Uniform des Fremden neugierig und nicht ohne Wohlgefallen zu mustern. Einige Male schöpfte der Dörr hastig Athem, er wollte ruhig sprechen und konnte es noch nicht. Dann betrachtete er hämisch den jungen Lieutenant.

— „Freut mich, Durchlaucht, hohe Ehre! Verzeihen Sie, ich bin eben außer mir, ich habe" — noch einmal schöpfte er Athem, blickte grimmig nach Zensi, dann fuhr er fort — „ich habe soeben entdeckt, daß eine Schmugglerbande hier haus't. Noch heute Abend kommen sie mit gepaschten Waaren über den Dreisesselberg herüber. Der Josef ist der Anführer, Ihr könnt sie erschießen!" —

Die jugendliche Gestalt des Lieutenants hob sich vor Muth und Freude. — „Auf! rief er den Finanzwächtern zu, daß wir die Schmuggler noch abfangen!" Erstaunt blickte er um sich. Niemand rührte sich. Die Finanzwächter schauten bestürzt auf den Oberaufseher und der Wenzel schaute zu Boden.

Die Zensi hatte das Küchenmesser fester gepackt und riß ihre Augen groß auf. Was ging da nur vor? Plötzlich kam ihr Licht, sie sah die Revolver im Gürtel des Lieutenants, sie verstand auf einmal, daß Josef in Gefahr, und wie ein aufgescheuchter Hirsch sprang sie auf, lief durch die Männer hindurch zur Stube hinaus.

2*

— „Türk! Satan! Hetz, hetz!" schrie der Dörr seinen Hunden zu und stürzte selbst der Frau nach. Schon hatte er sie erreicht, sie von rückwärts erfaßt und ihr das Messer entwunden; seine Finger bluteten.

— „Türk! Satan! Feldwebel, so bindet sie doch, sie will die Schmuggler warnen! Helft! Durchlaucht sie will die Schmuggler warnen!"

Die Hunde drückten sich scheu um die Liegende herum. Die Finanzwächter standen unschlüssig. Der Lieutenant wandte sich ab.

Noch einmal rief der Dörr: „Ich kann nicht länger; sie will uns verrathen. Bindet sie! Durchlaucht! Hilfe, bindet sie! Im Namen des Kaisers!" — — —

Die Finanzwächter drängten herzu, binnen wenigen Secunden war die Zensi gebunden. Die Hunde leckten ihr die Wangen. Der Dörr stand keuchend daneben.

Lieutenant Ottokar drängte zur Eile. Er hatte sich auf eine frische, gefährliche Schmugglerjagd gefreut, nun begann das Vergnügen mit der Mißhandlung eines Weibes. Der feinfühlende Prinz wollte so rasch als möglich im heißen Kampfe die Erinnerung an die eben erlebte rohe Scene verwischen. Schon waren die Männer im Begriffe abzumarschiren, als der Lieutenant noch einmal inne hielt. Er hatte die Augen gesehen, mit denen der Franz Dörr das gefesselte Weib betrachtete. — „Ich glaube, sagte er zum Feldwebel, man sollte zwei Mann zur Bewachung der Frau zurücklassen. — Zur Unterstützung des Hausherrn," fügte er höflich hinzu.

Der Dörr fuhr wild aus seinem Brüten auf. — „Wenn Sie mir nicht trauen, Durchlaucht, so sagen Sie es doch nur gleich. Wer hat Ihnen die Schmuggler überliefert? Wer? Ich!"

Der Prinz wollte begütigen. — „Verzeihung, gnädigste Durchlaucht," fiel da Feldwebel Wenzel ein. „Aber haben wir alle Mann von Nöthen. Ich stehe sonst für nichts. Der Dörr ist ein ehrlicher Mann, ist stark und treu."

Die Finanzsoldaten marschirten ab. Der Prinz hatte den Hof schon nach einem flüchtigen mitleidigen Blicke auf die Zensi verlassen. Als der letzte ging der Feldwebel. — „Bist Du verrückt, Dörr-Franz?" rief er noch im Abgehen.

— „Thu' was Deine verdammte Pflicht ist, Feldwebel, oder ich mache auch noch gegen Dich eine Anzeige, daß . . ."

Der Tag neigte seinem Ende zu, als die Truppe der Finanzsoldaten durch die Winterkälte hindurch auf dunklen Waldpfaden die Höhe des Dreisesselberges emporklommen. — —

In der großen hellen Stube des Dörrhofhauses waren der Bauer und die Zensi allein. Ein Wort des Herrn hatte die übrigen Mägde in die entferntesten Arbeitsräume des Hofes gescheucht. Blos die alte taube Nesel durfte ungestört am Heerde nebenan die Abendmahlzeit bereiten. Die alte Nesel war eigentlich nicht so arg taub, sie hörte nur ein wenig schwerer und fand, daß Alles auf der Welt gut sei, auch ein Bischen Taubheit. Und so hörte sie nicht und lachte nicht und nickte nicht, aber innerlich wußte sie's, daß so gescheidt wie sie, keine am Hofe wäre.

Auf der Ofenbank halb sitzend, halb liegend erwartete die gefesselte Zensi eine Anrede des Dörr. Ihre Gedanken waren noch zu verwirrt. Ihr Josef trieb dasselbe Handwerk, das alle Bursche seit Väterzeiten ungehindert trieben. Sie hatte wohl in der Spinnstube von blutigen Kämpfen zwischen Schmugglern und Soldaten vernommen, das waren aber uralte Geschichten, sie spielten alle zur Zeit des Kaiser Josef, als das blutige Unrecht im Lande herrschte und die Wächter keine Geschenke annehmen durften. Wie brach nun das Unerwartete so plötzlich herein? Josef! Der Vater ihrer Kinder war ihr einziger fester Gedanke, ob auch die Füße von den zugezogenen Stricken schon heftig zu schmerzen begannen.

Die alte taube Nesel lauschte. Jetzt begann der Bauer zu reden. Die Zensi antwortete etwas und die Schlußworte lauteten beinahe wie: „Du Hund!"

Dann verließ der Dörr hohnlachend die Stube. Draußen schritt er tactmäßig auf und ab; das dauerte eine volle Stunde, drinnen wimmerte die Zensi.

Schlag 4 Uhr trat der Bauer abermals in die Stube, die alte Nesel hörte, wie er freundlich sprach und wie Zensi schrie und weinte und sie vernahm ihren Ruf: „Schieß todt, wen Du willst! Und wenn Du mir nahe kommst, so pack' ich Dich mit den Zähnen!" Der Bauer ging — — —

Nach einer Stunde kehrte er abermals zurück; als er

die Thüre öffnete, blickte die Zenſi nur noch ſcheu nach ihm. Sie lag da wie in einer Ohnmacht. Der Dörr ſchloß hinter ſich ab, lange war Alles ſtill.

Die alte Neſel kicherte und weinte; dann öffnete der Bauer die Stubenthür, mit trotziger Bemeiſterung eines verlegenen Lächelns blieb er an der Schwelle ſtehen und rief freundlich hinein: „Wenn Du noch zur Zeit kommen willſt, mach ſchnell, Zenſi! Du kannſt jetzt noch vor dem Joſef auf dem Dreiſeſſel ſein, und wenn er Deine Fackel ſieht, ſo geſchieht ihm nichts". Dann verließ er das Haus.

Die alte Neſel kicherte und weinte noch immer an ihrem Heerde. Da kam die Zenſi eilig aber wankenden Schritts herbei. Sie ſah die Neſel nicht an, ſie ergriff ein Bündel Kienſpäne, ſteckte das Licht einer kleinen Laterne an, nahm dazu eine kurze Stange und einen ſtarken Strick, dann eilte ſie wankend fort. Ihr Geſicht war geröthet, ihre nackten Füße zeigten unter dem kurzen Baumwollen= rock blutige Ringe. Ohne ſich umzuſehen, ohne eine Miene zu verziehen, eilte ſie zum Thor hinaus.

Der Franz Dörr lehnte, den Rücken ihr zugekehrt, an einem ſchweren Leiterwagen, er pfiff den Radetzkymarſch vor ſich hin und ſchaute nach der untergehenden Sonne. — „Vier Stunden Wegs!" murmelte er, „Wenn ſie nur noch zur Zeit kommt! es ſind Waaren für 5000 Gulden! Wie ſie rennt! Na, ſie kommt ſchon zurecht! — Und wenn nicht? — Bah, der Dörr hat ſeinen Willen gehabt und der kann ſich was gönnen." — —

Die Zenfi wankte schon drüben auf der verschneiten Landstraße fort. Es war ein weiter Weg, die Kälte war bitter, die Füße schmerzten. Weiter hatte sie keinen Gedanken. Sie mußte einen Augenblick innehalten, um sich zu besinnen, was sie eigentlich in der kalten Decembernacht auf dem Dreisesselberge wollte? — Der Josef! Wieder fiel es ihr ein und sie eilte weiter! weiter!

Im Thal! Sie schritt über den fast gefrorenen Moorboden hin, der unter ihren schweren Tritten erdröhnte. Wenn es jetzt Sommer wäre, fiel ihr ein, dann würde sich der Filz unter ihren Füßen öffnen, der Wassermann würde kommen und sie hinabziehen! Dann würde sie mit Josef im Wasserpalaste wohnen, würde den Franz Dörr nicht wieder sehen müssen und die Füße würden aufhören zu schmerzen! Die Augen wurden ihr feucht, es war noch nicht Sommer, der Moorboden trug sie, ohne sich zu öffnen.

Jetzt machte das Thal eine Biegung, sie konnte ihm nicht länger folgen. Dort, rechts lag der Dreisesselberg, dorthin mußte sie grade aus, ohne Umweg! Weiter!

Der Hochwald nahm sie auf. Schon stand der Mond hoch am Himmel, aber nur selten drang ein Strahl durch die Wipfel der Riesentannen zu ihr. Sie aber kannte den Wald und fürchtete das Dunkel nicht. Weiter, weiter! Bei jedem Schritt aufwärts wollte der Fuß von den glatten Tannennadeln abgleiten, sie aber setzte ihn fester auf und drang aufwärts an dem südlichen Abhang des Schwarzenberges empor. Dichter und dichter wurde der Wald. Der hohe Teppich des verdorrten Heidelbeerkrautes hemmte ihren Fuß, sie hob den Fuß höher und drang weiter. — —

Die langen Zeilen der Riesentannen schlossen sich immer enger. Der Forst ging ganz in einen Urwald über, das kleine Restchen Urwald im Herzen Europa's. Kein Weg, keine Regel im Stand der Bäume. Sie aber kannte ihre Richtung und drang weiter. Jetzt trat ihr Fuß auf einen starken langen Stamm, der quer im Wege lag und durch dessen Holz hindurch schon wieder junge Stämmchen aufwärts strebten. Ihr Fuß trat durch, trat den Stamm bis auf den Waldboden, der Baumstamm war Zunder geworden. Sie stürzte, erhob sich wieder und drang weiter, weiter! —

Der Kamm des Schwarzenberges war erstiegen; über eine Lichtung hinüber eilte die Zensi dem nördlichen Abhange zu, da ergriff sie ein jäher Schwindel, sie schloß die Augen.

Unter ihr breitete sich der Schrecken des Böhmerwaldes aus, der furchtbare Windbruch. So weit das Auge dringen konnte, nichts als ein zertrümmerter Urwald. Plötzlich war die dunkle Färbung verschwunden, in welcher sich die hohen Tannen vom hellen Mondhimmel abhoben, durcheinander geworfen, einander kreuzend, drängend und belastend lagen die Colosse des Waldes stundenweit zu Boden. Die mächtige Krone zerschmettert, der Stamm dort geborsten, hier wie ein dünnes Rohr gebogen und tausend und tausend weit ausgreifende Wurzeln sammt ihrer Erde empor gerissen. Kein ruhiger Punkt. Wie ein sturmgepeitschter See erschien die Fläche, starrend von zersplitterten

Bäumen und hochanfragenden Wurzelmassen. Nicht gutwillig haben die Klammern der Baumriesen die Erde verlassen; was sie umfaßt gehalten, Erde, Steine, Thierhöhlen und jungen Nachwuchs, Alles haben sie empor gerissen in ihre Höhe und oben, klafterhoch über dem Menschenhaupte hängen die einstigen Fundamente der Bäume, und jetzt bricht ein starker Wurzelast unter seiner Last zusammen, jetzt fällt ein Felsstück todtbringend hernieder, jetzt birst eine niedergebogene hundertjährige Fichte, wie ein Mastbaum unter der Kraft des Sturmwindes, wie eine Binse in der Hand des Kindes. Niemand wagte es, dieses Schreckensgebiet zu betreten. Der zertrümmerte Urwald wird liegen und modern, bis er zu Staub zerfällt und bis einst neues Leben aus dem großen Todtenfelde ersteht. Bis dahin wird kein menschlicher Fuß den Tod zu wecken versuchen, der hier den verirrten Wanderer von allen Seiten umdroht. Das ist der Windbruch, den der franz Dörr „sich expreß beim Teufel bestellt hat"; er ist undurchdringlich, undurchdringlich auch für minder bequeme Feinde, als der Feldwebel Wenzel einer ist.

Aber die Zensi dringt hindurch. Drüben winken ihr die drei Zinken des Dreisesselberges, sie muß.

Sie vollführt das Entsetzliche, hier windet sie sich durch das Gewirr der Zweige, dort klettert sie über die unentwirrbare Masse zusammengestürzter Stämme, dort schreitet sie unter dem Wurzelgeäst, das in phantastischen Gebilden einen gedeckten Gang über ihr wölbt. Oft versagen ihr die Kräfte, oft muß sie sich an dem emporgerissenen aufrechtstehenden Waldboden lehnen, das Haupt sinkt nieder, die Kniegelenke zittern, die Füße schmerzen, schmerzen so sehr, sie aber muß weiter, weiter! —

Sie hat den Windbruch durchschritten. Sie steht am Fuße des Dreisessels. Ist es noch eine menschliche Gestalt, dieses Weib, dessen Kleider in Fetzen von ihr hängen, dessen Haar in langen Strähnen, von Holzsplittern, Moos und Erde beschwert herunterhängt? Noch hält ihre Hand das Holz und den Strick, wie sie das Alles für ihr Feuersignal mitgenommen hat, aber sie weiß nicht mehr, was sie damit beginnen soll, sie weiß nur, daß sie da oben vor ihrem Josef anlangen muß, sonst .... weiter, weiter! — —

Da tritt ihr rechter Fuß auf einen spitzen Stein. Der Schmerz ist gering gegen das Geringste, was sie heute schon erduldet. Aber ihre Kraft hat eine Grenze. Zum ersten Mal öffnet sie die Lippen und schreit auf wie rasend. Dann läßt sie Laterne und Holz zu Boden fallen, schlingt mit einer wilden Bewegung den Strick um den nächsten Ast .... Aber sie weicht zurück, sinnlos läßt sie den Strick fahren, sie stürzt auf das Gesicht zu Boden und schluchzt und schluchzt und schreit wie ein verwundetes Waldthier und beißt in das dürre Gesträuch, in das sie ihr Antlitz vergraben hat. Der ganze starke Körper zittert, die Brust keucht, sie schluchzt, sie schluchzt, als wollte sie mit Schluchzen sich tödten.

Ein graues Eichhörnchen ist in seiner Höhle geweckt worden, neugierig hüpft es heran, immer näher; es versteht nichts von dem Schmerze der Frau, aber es merkt, daß hier keine Gefahr droht. Immer näher kommt es heran, dann macht es ein Männchen und hält sich zur Flucht bereit. Doch das Weib rührt sich nicht. Da hockt schon das Eichhörnchen neben dem Kopfe der Liegenden und das Weib schluchzt und schluchzt und das Eichhörnchen hält mit seinen Pfoten ein Zweiglein, daß sich im Haar der Zensi verfangen hat und knubbert daran und freut sich der unverhofften Nahrung. —

Eine halbe Stunde mochte die Zensi so dagelegen haben, alle Kraft hatte sie verlassen und doch war es keine Ohnmacht, das Blut jagte ungestüm durch ihre Adern. Sie sah den Josef, hörte ihn singen, dann sah sie den hübschen fremden Lieutenant, sie hörte den Revolver knallen ... hörte auch das Eichhörnchen ein Geräusch? Plötzlich ließ es das beinahe gänzlich abgeschälte Zweiglein los, und fuhr wie ein Schatten am nächsten Baumstamme empor und um dem Stamm herum. Nur das kluge Köpfchen lugte noch hervor. Und das Weib erhob sich, sie nahm sich nicht die Mühe, das Haar aus dem Gesicht zu streichen, sie trocknete nicht ihr thränennasses Gesicht, sie stierte zu den drei Zinken hinauf und band die Kienspäne an die Holzstange fest, sie zündete die Fackel an dem letzten Stümpchen des Lichtes in der Laterne an, dann schwang sie den Brand mit der Rechten und flog wie aufgescheucht den Berg empor.

Wild klangen ihre Schreie durch den nächtlich stillen Wald. Das Eichhörnchen schlüpfte geräuschlos in seine Höhle zurück und nur eine hungrige Eule folgte mit leisem Flügelschlage der emporstürmenden Fackelträgerin. —

Erst vor Kurzem war der Feldwebel mit einer Truppe auf der Höhe des Dreisessels angelangt. Der Feldwebel Wenzel hatte eine so rathlose Stunde noch niemals im Leben durchgemacht. Er kannte den Franz Dörr. Wenn dessen Jähzorn vorüber war, dann machte er seine Untergebenen — und zu diesen rechnete sich der kaiserliche Oberaufseher Wenzel — für seine eignen Befehle verantwortlich. Wenn der Feldwebel heute wirklich den Kampf mit den Schmugglern aufnimmt, so wird morgen der Dörr die Seelen seiner Knechte von ihm verlangen. Und die Waare? Er kann doch um Alles in der Welt dem Dörr die Waare nicht entreißen! Der Staat würde kaum danken, und er — der Feldwebel hätte zeitlebens den Dörr zum Feinde.

Wenn nur dieser bartlose Lieutenant — sonst wo wäre! Dann wäre Alles in Ordnung; der Feldwebel hätte auf die Denunziation des Dörr als die Worte eines Rasenden nicht weiter geachtet, wäre ruhig nach Hinterreuth zurückgekehrt und hätte morgen beim Gläßchen "Melniker" mit dem Dörr über dessen Jähzorn gelacht. Aber dieser verwünschte Zeuge, dieser Lieutenant.

Durch den hergelaufenen Jungen wurde die Sache ernsthaft, verdammt ernsthaft. Dieser Officier, der Neffe des Fürsten, wird sich nicht so leicht kirre machen lassen. Schon auf dem Marsche hatte sich der kampflustige Lieutenant unbequem gemacht. Der planvolle Wenzel wollte seine Truppe auf einem geheimen Stege führen, der allerdings um den Dreisesselberg herumgeführt hätte. Der Lieutenant aber verglich die Richtung mit seinem Kärtchen und setzte einen planlosen, aber directen Weg auf den Dreisessel durch. Noch einmal versuchte der Wenzel einen Seitenweg einzuschlagen. Da wurde der Lieutenant aber beinahe argwöhnisch und begann die Geisteskräfte des planvollen Feldwebels zu unterschätzen. Unter den Grenzwächtern bildeten sich allmählig zwei Parteien, die Mehrzahl, die Jüngeren nahmen etwas von der Kampflust des jungen Officiers an, sie schämten sich ihres bisherigen Oberhauptes und begannen den muthigen Prinzen durch ihre Entschlossenheit zu unterstützen. Die älteren Finanzwächter hielten dagegen treu zu ihrem Oberaufseher, blieben mit ihm ein wenig zurück und hielten Rath.

Als auf der Höhe des Dreisessels die Kälte überhand nahm, schlug der Feldwebel auf den Rath seiner Getreuen vor, ein großes Feuer anzumachen. Wenn die Schmuggler das erblickten, waren sie gewarnt. Der Lieutenant aber wurde zornig über die „Dummheit" des Feldwebels und übernahm von Stund an den Oberbefehl.

Noch ein letztes Mal versuchte der Feldwebel sein Glück; er erklärte beleidigt, daß er umkehren wolle, weil man ihm sein Commando genommen habe. Vielleicht konnte er selbst heimlich den Schmugglern entgegengehen. Da zog der Lieutenant seinen Revolver hervor, und drohte, Jeden niederzuschießen, der sich von der Stelle rührte.

Der Feldwebel dachte über etwas Verzweifeltes nach. Er musterte die Mienen seiner Leute, aber er erblickte zehn entschlossene abtrünnige junge Leute, welche sich eng um den

Lieutenant schaarten, und nur sechs Veteranen, welche
dem Dörr die Treue hielten, da seufzte der Wenzel, ergab
sich in sein Schicksal und betete ein Vaterunser für die
Seelen der Schmuggler. —
 Ruhig lag die Höhe des Berges. Auf dem eigentlichen
Dreisessel hatten die besten Schützen Posto gefaßt. Es ist
das ein mächtiger Felsblock, zu dem rohe Steinstufen empor
führen. Oben theilt sich der Felsblock in drei Theile, in
deren jeden ein breiter Sessel eingehauen ist. Zwischen
den drei Sesseln hindurch läuft die dreifache Grenze zwischen
Böhmen, Bayern und Oesterreich. Der junge Schütze mit
den glänzend schwarzen Augen weiß, was die Anwohner
des Dreisesselberges von diesen Sesseln erzählen: Vor alter,
alter Zeit war ein langer, langer Krieg und als er vorüber war, da kamen die Herzoge von Böhmen, Bayern
und Oesterreich hier zusammen und beriethen den Frieden. Und alljährlich in der Nacht nach der Sonnenwende
kamen sie hierher, zu berathen über das Glück ihrer
Völker. Und alle Leute waren froh und durften essen und
trinken und rauchen, so viel wie sie wollten und in der
Nacht nach der Sonnenwende tanzen die Bauern noch immer
auf der Höhe des Dreisessels und erinnern sich der guten
alten Zeit. Dann kam der große Komet und in Prag
wurde ein eigenes Erzbisthum gegründet und seitdem
kommen die Herzoge nicht mehr zur Berathung. Moos
wächst auf dem Dreisessel und Schlangen wohnen unter
seinem Fuße. Wenn aber der große Komet wiederkehrt,
dann werden auch die Berathungen der drei Herzoge wieder

beginnen und der Knecht wird wieder sein Reh schießen können, wo und wann es ihm behagt . . . .

Noch ist die Zeit nicht da. Arglos ziehen die Schmuggler auf der Bayrischen Seite herauf, sie führen zwanzig Pferde, deren jedes schwere Ladung trägt; auch die Männer haben nicht leicht zu tragen. Der Josef geht voran. Alles ist dunkel, also keine Gefahr, wie gewöhnlich. Sie haben die Höhe erreicht, noch stehen sie auf Bayrischem Boden. Der Josef schnauft ein Weilchen aus, dann bricht er auf und singt:

„Ist — ist — ists Dunkel, so küss ich
Die Zensi nicht schlecht
Und brennt — brennt — und brennt's hell wie Flammen,
So küss' ich's erst recht!"

Jetzt stehen sie auf österreichischem Grund und Boden. Ein Blitz, ein Knall, der Josef stürzt. — — —

Nach wenigen Minuten war der Kampf beendet. Neun Menschen, Freund und Feind lagen, todt, die Waaren erbeutet, die überlebenden Schmuggler in die Flucht geschlagen. Und als die Kugeln pfiffen, die Flinten knallten und die Männer schrieen, da kam aus dem Walde ein Gespenst daher, eine große Frauengestalt mit zersetztem Gewande und mißhandelten Gliedern, sie schwang eine Fackel über ihrem Haupte und sang und lachte und sprang in weiten Sätzen auf die Sessel hinauf und schwang droben die Fackel und sang und lachte. —

Als die Schmuggler bereits in wilder Flucht den

Abhang hinunter drängten, ertönte noch ein letzter Schuß. Der Lieutenant Ottokar sank zu Boden, er hatte seinen Schuß im linken Unterarm, wie er es sich gewünscht hatte, und der Oberaufseher Wenzel kam mitleidig hinter einer starken Tanne hervor; seine Flinte rauchte noch.

Was aus den Waaren geworden ist, hat die Regierung niemals erfahren können. Der tapfere Wenzel pflegte den verwundeten „Prinzen Ottokar Durchlaucht" mit Selbstaufopferung in seinem eigenen Hause. Der Dörr war mit „seinem" Oberaufseher sehr zufrieden und schickte ihm ein ganzes Fäßchen des vortrefflichen „Melikers".

* * *

Der ehrliche Wenzel war mein Führer über den Dreisessel. Nachdem ich ihm ein Frühstück im nächsten Dörfchen versprochen, wurde er gesprächig und schilderte mir lebhaft den großen Kampf mit den Schmugglern, welchem er die glänzende Verdienstmedaille auf seiner Brust verdankte.

— „Der Franz Dörr hat auch . . . . ."

— „Wer ist das?" mußte ich damals fragen.

— „Den kennen Sie nicht, Euer Gnaden? Der reichste Mann hier, und ist sich der bravste. Sollten seinen Wein trinken, ah! Und was für ein Patriot! Hat angezeigt seine eigenen Knechte, wegen Schmuggeln, hat großen Schaden gehabt und dafür hat der Franz Dörr auch so eine Medallje."

Er streichelte zärtlich die Decoration.

Da wurde ich durch einen gellenden Aufschrei erschreckt, der aus der Nähe zu kommen zu schien. Doch sah ich keinen Menschen. Plötzlich tauchte mit einem wildem Rufe ein hageres, altes Weib oben zwischen den Steinsesseln empor. Sie sprang die Steinstufen vom Dreisessel herunter. Ihr graues Haar hing wirr um den Kopf, die Augen stierten sinnlos. Sie streckte bettelnd die von Narben bedeckte Hand aus. Der Wenzel wollte sie fortjagen.

— „Wer ist das?" fragte ich.

— „Das ist ja eben die tolle Zensi."

Auch ein Künstler.

Es war in L..., einem großen, wohlhabenden Dorfe Oberösterreichs, wo ich seine Bekanntschaft machte. Auf dem Tische des wenig besuchten Wirthshauses, des „Kaffehauses", lag vor mir ein seltsamer Theaterzettel. „Die Regimentstochter" war darauf für den Abend angekündigt. Der Schreiber des Zettels — denn eine Druckerei gab es in dem Orte nicht — forderte das „P. P. affectionnirte" Publikum auf, sich die „berühmten Melodien bequem anzuhören, ohne durch Orchester oder vielstimmigen Gesang gestört zu werden. Erster Platz 20 Kreuzer, zweiter Platz 10 Kreuzer, auf dem dritten Platz wird nach Belieben eingesammelt. Eßwaaren bitte an die Frau Direktorin abzugeben." Unter dem Zettel aber stand mit großen Buchstaben: „Hier wird persönlich gespielt!"

Eben wollte ich von der Wirthin Aufklärung über die Bedeutung dieser Worte erbitten, als ein Gast, der vom Nachbartische meinen Bewegungen und Blicken gefolgt war, unter den lächerlichsten Verbeugungen zu mir herantrat. Er riß von dem Zettel ein Stück herunter, holte einen Bleistift aus der Tasche hervor und schrieb, langsam und sorgfältig, einige Züge hin; dann überreichte er mir mit verbindlichem Lächeln die improvisirte Karte: „Karl Grund, dramatischer Künstler!!"

Bevor ich noch ein Wort erwidern konnte, hatte der Mann neben mir Platz genommen. Vollkommen abgetragene und dennoch mit einer gewissen Koketterie geordnete Kleider stimmten vortrefflich zu dem ganzen Wesen des Mannes. Er mochte etwa vierzig Jahre zählen und besaß doch — oder heuchelte — die Beweglichkeit eines Knaben. Sein Gesicht, das eines gewissen geistigen Adels nicht entbehrte, veränderte sich von Sekunde zu Sekunde; alle Linien waren in unaufhörlicher Bewegung, als stände er vor dem Spiegel und übte in rascher Reihenfolge die Masken aller ihm erinnerlichen Bühnengestalten ein. Und wie der Ausdruck des Gesichtes willkürlich wechselte, so fuchtelten auch die Hände, bald tragisch, bald heiter gestikulirend, in der Luft umher, ohne sich um den augenblicklichen Inhalt der Worte zu kümmern. Der Mann besaß offenbar nicht Willenskraft genug, um Wort und Geberde gleichzeitig demselben Gedanken zuzuwenden.

Und wie sprach dieser Mensch! Ich habe in den Tagen, welche ich damals und später mit ihm und seiner Gesellschaft zubrachte, nicht einen einzigen natürlichen Ton aus seinem Munde vernommen. Ich müßte beim Niederschreiben, so wie er selbst, mehr Interpunktionen als Lautzeichen hinsetzen, um den Eindruck seiner Sprache zu versinnlichen. Er sprach wie ein Plakat.

— „Ha!!! Ein Städter! Ein Studirter! Ein Gönner! Der Herr sind ein reicher Mäcen? Der Herr sind kein reicher Mäcen?? Der Herr sind ein reicher Mäcen!!! Hahaha! Welche Seligkeit! Der alte Karl Grund, der große aber — o! — so unglückliche Karl Grund hat doch noch Glück! Der Herr sind — Ihr seid ein Studiosus? Servus, Bruder, wir wollen die Kunst leben lassen! Der arme Karl Grund feiert heute seinen Geburtstag! Seinen Geburtstag!!! Und er hätte ihn nicht feiern können ohne Euch, Bruder! Frau Wirthin! Gute Seele! Mein Bruderherz, der Herr Studiosus, ponirt zur Feier des Geburtstages des berühmten Karl Grund eine Flasche Klosterwein. Wein!!! Man bediene uns!"

Ich muß gestehen, daß ich die Studentenfahrt mit einer Baarschaft unternommen hatte, die mich kaum zum Gönner eines durstigen Künstlers qualifizirte. Eine Flasche Wein gehörte eigentlich zu den verbotenen Dingen. Aber mein neuer Freund war zu absonderlich, die Aussicht auf einen Verkehr mit den übrigen Mitgliedern dieser Schmiere zu verlockend, als daß ich auf den fragenden Blick der Wirthin nicht gnädig hätte nicken sollen.

Ein Schriftsteller von Beruf hätte vielleicht sofort in dem verlorenen Menschen, der jetzt mit seiner Kennermiene den ersten Tropfen am Gaumen zerdrückte, um schon im nächsten Augenblicke ein Bierglas voll des starken Weines herunterzustürzen, ein Modell für eine künftige Dichtung erkannt. Der Student sah in ihm ein verbummeltes Genie, das Mitleid und Bewunderung verdiente.

Karl Grund hielt indessen eine donnernde Ansprache an die Wirthin, der er ihren Unglauben vorwarf. Sie sehe ja nun, daß er nicht gelogen habe. Jeden Tag könne so ein Graf kommen, der Millionen hinauswerfe, um mit dem großen Karl Grund ein Stündchen verplaudern zu dürfen.

Als ihn der Wein etwas erwärmt hatte, wurden seine Reden merkwürdiger Weise um einige Grade vernünftiger. Er blieb zwar jeder Zoll ein Komödiant, aber man konnte doch klar erkennen, daß man es mit keinem Wahnsinnigen, sondern nur mit einem Narren zu thun habe, dessen Narrethei übrigens keinem Menschen gefährlich werden konnte.

Ich erfuhr von ihm vor Allem die Bedeutung der räthselhaften Ankündigung: „Hier wird persönlich gespielt." Sie besagte blos, daß in dem Theater des Herrn Direktor Stahl nicht von Marionetten, sondern von lebendigen Schauspielern, von „Personen", also „persönlich" gemimt werde.

Der wandernden Truppe dieses Direktors gehörte, wie ich weiter erfuhr, auch Karl Grund an. Er war aber nicht zufrieden mit seiner Stellung. Nein!!!

— „Unser Alter ist ein elender Filz! Ja, das ist er! Selbst an Abenden, an denen er über drei Gulden einnahm, hat er noch nie ein Tönnchen Bier zum Besten gegeben. Auch bin ich nicht so beschäftigt, wie ich es sein sollte! Denken Sie nur, verehrter Gönner, er hat mich noch niemals den Hamlet spielen lassen! Mich!!!"

Er weinte beinahe, der arme Wanderschauspieler. Aus allen seinen Erzählungen konnte ich mit Sicherheit entnehmen, daß er noch niemals eine ernsthafte Bühne gesehen hatte. Er war ein Schauspielerkind. Sein Vater war früh gestorben und bald nach dessen Tode hatte sich die Truppe, unter der Karl Grund geboren worden, aufgelöst.

Eine alte Schauspielerin hatte sich des Knaben angenommen, hatte ihn in ihre unstäte Existenz mit hineingerissen und endlich, bevor sie ihn wieder verließ, einer Wandertruppe in Oberösterreich als Theaterkind anvertraut. Seit jener Zeit hatte Karl Grund die Gegend, in welcher ich ihn kennen lernte, nicht verlassen; bald unter diesem, bald unter jenem Direktor, bald hier, bald dort hatte er gespielt. Niemals und nirgends mit vollem Erfolge.

Hier hatte er geheiratet, eine arme Schullehrerswaise. Hier war ein Töchterchen erwachsen. Er hing offenbar mit der zärtlichsten Liebe an seiner Tochter Deborah, deren Mutter schon lange verstorben war. Sein Kind schien ihm aber großen Kummer zu bereiten, denn er rief einmal unter übermüthigen Gestikulationen mit einer Grabesstimme:

— „O diese Kinder, wie sie unser Herz zur Zielscheibe setzen! O meine Deborah!! Nicht der leiseste Zug von der Größe ihres Vaters! Sie hat Talent! Sie hat Talent! Aber sie will es nicht gebrauchen! Sie ist ein entartetes Kind unseres Geschlechtes, sie ist die Tochter ihrer Mutter! O! Sie hat' keinen Sinn für Gift, Dolch, Selbstmord, Entführung und andere dramatische Elemente, sie will einen elenden

Krämer heiraten, der Versorgung zu Liebe! Versorgung!!! Als ob Karl Grund je an so etwas gedacht hätte!"

Eben wollte mein neugewonnener Freund seinen Geburtstag mit einer neuen Flasche feiern und mir seine Ansichten über Liebe und Ehe genauer entwickeln, als ein Zwischenfall eintrat, der mich mit den übrigen Mitgliedern der Truppe rasch bekannt machte. Einer der Schauspieler war soeben verhaftet worden. Die ganze Theatergesellschaft, der Direktor an der Spitze, stürmte ins „Kaffeehaus", um bei einem Glase Bier, welches der Direktor trank, die nothwendigen Schritte zu berathen.

Die Unterhaltung hielt sich nicht lange bei der moralischen Entrüstung über die That des Kollegen auf. Die komische Mutter, nämlich die Frau Direktor selbst, wollte wissen, daß der Verhaftete schon lange wegen eines gemeinen Verbrechens verfolgt würde und sich bei ihnen unter falschem Namen verborgen gehalten hätte. Alle waren einig darüber, daß sie an ihm keinen brauchbaren Schauspieler verloren hätten; er sprach ja ein so unverfälschtes Schwäbisch, daß ihn die österreichischen Bauern niemals verstanden. Was sollte aber aus der heutigen Vorstellung werden, für welche an der Tageskasse schon ein Gulden und zehn Kreuzer eingegangen waren? Wo einen Ersatz für den Schwaben finden, der den „Ortsrichter" schon so schön auswendig gelernt hatte?

Als ich mich dazu erbot, die wenigen Worte binnen einer Stunde einzustudiren und die Rolle nach besten Kräften zu spielen, war ich mit einem Male der Freund der ganzen Gesellschaft. Ich will hier nicht von meinem ersten

und letzten Debut erzählen, ich will auch von der „halbe
Bier" schweigen, die mir ein Großbauer, der einzige Besucher
des ersten Platzes, über die Rampen hinweg als Zeichen der An=
erkennung reichte, — genug, ich erwarb das Vertrauen meiner
Kollegen und Kolleginnen und wurde gebeten, nach beendeter
Vorstellung den Rest des Abends mit ihnen zu verbringen.

Karl Grund wich nicht von meiner Seite. Er erinnerte
sich plötzlich, daß er an diesem Abende das dreißigjährige
Jubiläum seiner schauspielerischen Thätigkeit feierte, begnügte
sich aber für diesmal damit, daß sein Gönner die bescheidene
Zeche für ihn mit bezahlte.

Das Theatergebäude war eigentlich nichts anderes, als
eine gedeckte Kegelbahn. In der kleinen Halle, in welcher
sonst die Spieler sich versammelten, war die Bühne aufge=
schlagen, auf der Bahn selbst, von den Rampen bis zum
Kugelfang, standen in bunter Reihe Stühle und Bänke.

Meine neuen Kollegen machten sich diese Eigenthüm=
lichkeit ihres Theaters zu Nutze. Mit Erlaubniß des gut=
müthigen Hausherrn erhellten sie durch einige trübe Oellampen,
die vor wenigen Minuten noch das Elend der kleinen Bühne
erleuchtet hatten, die Kegelbahn, brachten aus dem Souffleur=
kasten einige Kugeln hervor und begannen ein fröhliches
Spiel. So blieb ich bald mit Karl Grund und seiner Deborah
allein und lernte die traurige Geschichte des Mädchens kennen.

Deborah, eine unscheinbare kleine Blondine, wollte nichts
vom Theaterleben wissen. Sie sah in dem Stande ihres
Vaters ein Unglück, welches niemand freiwillig auf sich
nehmen sollte. Sie schien eine dunkle Ahnung von der

Unzulänglichkeit ihrer Truppe zu besitzen; wenigstens lehnte sie jede Höflichkeit, die ich ihr über ihr Spiel sagen wollte, mit bitterem Unmuth ab. Da Karl Grund aber zu den Spielenden hinüber ging, um vom Direktor zum „tausendsten und letzten Male" eine Aufführung des Hamlet zu verlangen, wandte ich mich an Deborah mit der Frage], warum sie bei dem fröhlichen Ende des Stückes, anstatt guter Dinge zu sein, in Thränen ausgebrochen sei.

— „So geht es mir immer, bester Herr. So lange es in den Stücken schlecht geht, so lange thue ich immer meine Schuldigkeit und denke mir, daß ich nicht allein zu bedauern bin. Wenn aber die Person, welche ich zu spielen habe, am Ende glücklich wird und ihren Liebsten heiraten darf, dann kommen mir immer die Thränen in die Augen und ich möchte am liebsten weit, weit weg sein, wo es keine Theater gibt und keinen andern Menschen als meinen Franz."

Es klang so traurig. Der Franz Berger war der Kaufmann des kleinen Ortes, ein hübscher junger Mann in recht behäbigen Verhältnissen, der das Mädchen liebte und um sie seit mehr als einem Jahre warb. Auch Deborah hatte ihn gern und so stand ihrer Verbindung nichts im Wege, als der starre Eigensinn des Vaters, der seine Tochter der Bühne erhalten, ihr einen Schauspieler zum Manne aussuchen und dereinst Theaterkinder als Enkel auf dem Schoße schaukeln wollte.

Am nächsten Tage blieb der Verkehr mit der wandernden Truppe aufrecht, als ob ich vollständig zu ihr gehörte.

Karl Grund hatte die Entdeckung gemacht, daß heute sein Hochzeitstag wäre, und auch dieser Tag mußte mit einer Flasche Klosterwein feierlich begangen werden. Als ich bei dieser Libation den Versuch machte, zu Gunsten des jungen Paares zu reden, lehnte der Schauspieler ein solches Gespräch mit aller Entschiedenheit ab. Er lasse sich seine Tochter nicht abkaufen! Er habe sein ganzes Leben lang der heiligen Kunst gedient und werde ihr auch in seiner Tochter nicht untreu werden! Habe denn Ophelia ihren Hamlet geheiratet?? So solle auch Deborah nicht heiraten! Er sei kein Künstler für das Lustspiel! Er sei Tragöde und liebe deshalb nur die tragischen Abschlüsse! Deborah solle lieber etwas Neues, Großes, Entsetzliches thun, nicht aber eine Krämerseele heiraten!!

Ich versuchte trotzdem, ihm beizukommen. Ich erinnerte ihn daran, daß auch große tragische Helden im Privatleben zärtliche Väter gewesen wären. Ich beschwor ihn bei dem Glücke seines einzigen Kindes — — —

— „Glück?! Mein Herr, sprechen Sie mir nicht von Glück!! Hier" — er pochte heftig gegen seine Brust — „hier schlägt das warme, edle Herz des genialen Karl Grund, es schlägt hier seit langen, langen vierzig Jahren und hat noch niemals in einem glücklichen Augenblick geschlagen! Glück!!! Lassen Sie mich am Wiener Burgtheater den Hamlet spielen, daß Europa sein Knie vor mir beugt, lassen Sie mich als Hamlet einen Triumphzug durch die deutschen — bah! durch die Hauptstädte der Erde antreten, und dann sprechen Sie mir von Glück!!! Dann will ich mich vielleicht mit meinem eigenen Ruhme begnügen, meinem Kinde die erworbenen Millionen zu Füßen werfen und ihm gestatten, einen gewissen Franz Berger zu heiraten! Früher nicht!"

Als ich bei den Kollegen und dem Direktor Grunds nach seinem Talente Erkundigungen einzog, stieß ich selbst in diesem Kreise auf ein bedauerndes Lächeln.

— „Sie werden ihn ja heute spielen sehen. Wir haben die „Räuber" und Grund spielt den alten Daniel."

Nein, wer selbst in dieser Rolle den harmlosen Bauern und Kleinbürgern L...'s eine unbändige Heiterkeit entlocken kann, wer auf der Bühne so unglaublich hölzern steht, so unbeholfen spricht, wer bei jedem Schritt entweder eine Coulisse oder einen Mitspielenden anstößt, der hat freilich wenig Hoffnung, als Hamlet die Städte der Erde zu besiegen. Arme Deborah!

Als ich von der wandernden Truppe scheiden mußte, that es mir nicht weh. Ich hatte in den wenigen Stunden in häßliche, in widerliche Verhältnisse hineingeblickt. Mochte auch mancher ideale Funke in der kleinen Gesellschaft verborgen glimmen, was man so äußerlich absehen konnte, das war doch nur grenzenloses, geistiges und materielles Elend. Auch wurde der Verkehr mit den Einzelnen allmählich immer beschwerlicher; ein Jeder hatte seinen kleinen Kummer, dessen Linderung er sich erbat, und ein Jeder weihte mich in seine Lebensgeschichte ein, die beinahe immer ein Gewebe von ungeschickten romanhaften Fabeleien und häßlichen Thatsachen war.

Und doch dachte ich nicht ohne Liebe an die wilde Gesellschaft zurück, die mich zwei Tage lang mit der Gastfreundschaft eines unkultivirten Volksstamms in ihren Kreis aufgenommen hatte. Besonders das Schicksal der kleinen Deborah war nicht so leicht zu vergessen. — — —

Einige Jahre nach dieser Begegnung führte mich ein Ferienausflug wieder in dieselbe Gegend. Es war in W..., wenige Stunden von L..., wo ich abermals mit dem „großen" Karl Grund zusammentraf.

Wieder war es ein geschriebener Theaterzettel, der die Begegnung vermittelte. Man denke aber meine Ueberraschung, als ich auf demselben das „Gastspiel des weltberühmten Karl Grund" angekündigt sah. Und nicht genug daran: der „Hamlet" wurde gespielt. Nach dem Zettel gab mein alter Freund den Hamlet und außerdem noch — den Geist und den Polonius. Auch dieser Zettel trug die Bemerkung: „Hier wird persönlich gespielt" — und darunter stand mit schöner rother Tinte geschrieben: Karl Grund, Direktor.

Ich ging als sein ehemaliger „Gönner" natürlich auf den ersten Platz und harrte dort der Dinge, die kommen sollten. Neben mir saß eine hübsche rundliche Frau, in welcher ich erst später die kleine Deborah erkannte. Karl Grund aber hatte mich nicht vergessen. Kaum hatte er als Geist von Hamlet's Vater die Bühne betreten, als er mir schon mit den Zeichen des lebhaftesten Entzückens zunickte und zuwinkte.

Ich will diese unvergeßliche Hamletaufführung nicht ausführlich schildern. Zur Erklärung des Theaterzettels füge ich nur hinzu, daß Grund sich die Tragödie so zurechtgeschnitten hatte, daß weder der Geist noch Polonius zu gleicher Zeit mit Hamlet auf die Bühne kamen. Das Stück begann also nach Hinweglassung alles Ueberflüssigen mit einem Monologe des Geistes, der sich sehr hübsch machte. Der Höhepunkt des Abends lag natürlicher Weise in dem Monologe: „Sein oder nicht sein, daß ist halt die Frage!" wie Karl Grund die Worte sprach.

Auch der Einfall verdient vielleicht Erwähnung, Shakespeare durch Schiller zu ergänzen. Nachdem Hamlet nämlich durch das Schauspiel die Schuld des Oheims bestätigt erhalten hatte, setzte er sich sinnend nieder und deklamirte mit vielem Anstand den großen Monolog aus „Wilhelm Tell".

Selbst in der Erinnerung aber ist noch die verblüffende Wirkung lebendig, welche der Künstler mit folgender Stelle seiner Bühnenbearbeitung erzielte. Er stach als Hamlet gar wüthend durch die Tapete nach dem Lauscher Polonius. Während des Wuthgeheuls, das der Mörder anstimmte, fiel der Vorhang. Meine Nachbarin und einige andere Besucher applaudirten. Und als der Vorhang sich wieder hob, war Hamlet verschwunden, Karl Grund lag als erstochener Polonius da und krümmte sich in Todeszuckungen.

Nach kaum zwei Stunden war die Tragödie zu Ende gespielt.

Ohne sich die Zeit zu nehmen, sein Kostüm abzulegen, stürzte Grund auf mich zu.

— „Auch Sie in der Hauptstadt haben schon von meinen Triumphen gehört, nicht wahr? O, Karl Grund hat nicht umsonst gelebt! Und meine Bühnenbearbeitung des Hamlet für fünf Darsteller! Einzig! Ganz Karl Grund!!!

Am liebsten hätte ich freilich auch noch den Laërtes gespielt — o, ich kann's, ich! aber es ging nicht! Es ging nicht!! Ich hätte mir damit meinen ganzen Schluß verdorben! Wir sprechen noch darüber! Könnten Sie nicht auch Stücke schreiben, mein guter Freund? Sie können es!! Karl Grund verbürgt sich dafür! Wenn Sie einmal eine Tragödie fertig haben — na, ich bin Ihnen gut — wir werden sehen was sich machen läßt! Aber Honorar dürfen Sie für die erste Aufführung nicht verlangen!"

Während Karl Grund die Toilette wechselte, machte mich Deborah mit ihrem Gatten bekannt. Er war ein ruhiger Mann, der meine Neugierde sofort befriedigte.

— „Wissen Sie, der Alte ist gar nicht so bös' wie er ausschaut. Ich hab' ihm halt von seinem früheren Prinzipal das Theater gekauft und in der Stadt die Kostüme zum Hamlet machen lassen — kost't mich alles zusammen fast zweihundert Gulden — und hab' ihm gesagt, daß ich ihm das Ganze zum Geschenk mach', wenn er mir die Borah zur Frau gibt. Na, und da hat er endlich ja gesagt und spielt seitdem jede Woche einmal das alte Stück. Wir wohnen in L..., aber der Alte spielt jeden Monat in einem andern Ort. Man hat ihn gern. Und er macht seine Sache recht brav, nicht?"

Deborah erzählte mir noch, daß es ihnen Allen sehr gut gehe. Ihr kleiner Bub — den ich auch noch zu sehen bekommen sollte — heiße zwar Karl, habe aber in der Taufe daneben auch noch den Namen Hamlet bekommen.

Damit habe sich der Vater zufrieden gegeben und lebe bei dem ruhigen Glücke seiner Kinder selbst wieder auf.

Wirklich erschien mir der Schauspieler, der jetzt in anständiger Kleidung zu uns trat, wie verjüngt. Er erzählte mir lange von seinen unerhörten Erfolgen. Er erwarte stündlich eine Aufforderung, in die Residenz zu kommen und dort seinen Hamlet bewundern zu lassen.

Erst gegen Mitternacht brach die Familie auf, um nach L... zurückzukehren. Karl Grund schwur, daß er mir bei unserer dritten Begegnung eine Villa schenken werde.

Als ich ihm gratulirte, blickte er sich erst ängstlich um, ob ihn auch niemand hörte. Dann flüsterte er:

— „Der Mammon ist nicht Alles! Mein armes Kind! Es hat sich verkauft! Es muß verdorren, fern von dem Lichte der Kunst! Mein Eidam ist ein Barbar! Er hat meine Tochter zu der Gewöhnlichkeit herabgezogen, eine echte Grund, eine Deborah Grund!!! Ich kann es ihm nicht verzeihen! Ich kann nicht!!"

Eine Floßfahrt auf der Donau.

Es war in Urfahr, der kleinen, nicht gar zu reinlichen Vorstadt von Linz. Seit Sonnenaufgang standen und lagen wir auf dem mächtigen Bretterfloß zur Abfahrt bereit; aber immer noch hatte die Sonne die Nebel nicht besiegt und früher wollte „der Meister" nicht die Taue einziehen. Es war in der Dämmerung nicht ungefährlich, zwischen den riesigen Frachtkähnen, den mächtigen, bald — wie unter uns — aus Tausenden von Brettern, bald aus riesigen Baumstämmen gezimmerten Flößen und den stolzen Dampfschiffen hindurch in den freien weiten Fluß hinauszusteuern. Um unter der Brücke durchzufahren müßte er weit vor sich sehen können, sagte der Meister. Es war beinahe acht Uhr Vormittags, als wir endlich vom Ufer stießen.

Bald glaubte ich den leichtsinnigen Streich bedauern zu müssen, der mich eine so wenig behagliche Reise unternehmen ließ. Wohl war die Fläche des Floßes groß.

Aber nicht weniger als fünfzehn Personen befanden sich darauf und da gab es ein Rennen und Laufen, daß man in Gefahr kam, ins Wasser gedrängt zu werden, wenn man nicht selber zugriff und mit Hand anlegte, anstatt im Wege zu stehen. Eine halbstündige strenge Arbeit war nöthig, bevor wir ungefährdet unter der Brücke hindurch in ruhiges Fahrwasser gelangten.

Bald hier bald dort stießen wir an andere Flöße und große Lastschiffe, Stangen mußten gebraucht werden, es gab Schreien und Schelten hüben und drüben. Zank entstand, als sollte es zu Thätlichkeiten kommen. Immer aber war unser langer Sepp, ein junger Riese, bei der Hand, jetzt das Floß loszustoßen, jetzt durch derbe Drohungen die Gegner einzuschüchtern. Endlich war auch der Brückenpfeiler hinter uns, wir schwammen in der freien Donau.

Ruhig glitt das Fahrzeug auf dem Rücken des prächtigen Stromes dahin. Wen nicht Zufall oder Laune einmal dazu gebracht haben, eine solche Reise auf so ursprünglichem Fahrzeuge zu unternehmen, der kann sich nur schwer eine Vorstellung von ihren Seltsamkeiten und ihren Reizen, von ihren ernsten und heiteren Nöthen machen. Nur da, wo heranbrausende Dampfschiffe, scharfe Biegungen des Flußbettes, Stromschnellen, Wirbel oder Untiefen die Flößer zwingen, ihr Fahrzeug mit Kraft und Geschick entgegen der Richtung des um Menschenleben unbekümmerten Stromes zu lenken, da fühlt man, daß man sich im Wasser fortbewegt: das Floß rauscht durch die Wellen, die auch wohl über die bordlose Fläche hinweggehen, der ganze Bau geräth ins Schwanken, unruhig wird es um uns her, unruhig wird der Anblick der Landschaft. Sonst aber, wenn das Holzgebände sanft mit der Wassermasse sich fortbewegt, da fühlt der junge Reisende, der nach wochenlangem Umherirren im Böhmerwalde sich zum ersten Male einen Ruhetag gönnt, nicht die leiseste Erinnerung an das Rütteln und Stoßen, welches sich für die Erinnerung sonst überall mit dem Begriffe der Fortbewegung zu verbinden pflegt.

Außer dem Fußgänger, der bei jeder Bewegung sein eigener Herr bleibt, sieht nur der Bewohner eines Floßes die Landschaft, ohne je durch das Vehikel das ihn trägt, gestört zu werden. Selbst auf dem Dampfboot eines Binnensees stört das Tosen der Schaufelräder, das Stampfen der Maschine und ein leichtes Zittern des Bodens die Ruhe des Beobachters. Nichts von alledem auf unserem Floß. Es scheint wie festgebannt inmitten seiner treuen Wellen, während die Ufer wie ungeheure Wandeldecorationen an uns vorüberziehen. Nicht so langsam, daß wir dabei ermüden, nicht so schnell, daß wir sie nicht für ewig dem Gedächtnisse einprägen könnten, so gleiten sie an uns vorüber, stattliche Klöster und grüne Weinberge, hohe Schlösser und graue Ruinen, stille Dörfer und zierliche Wallfahrtskirchlein, die herrlichen Donauufer zwischen Linz und Wien.

Außer dem Meister und sieben bannstarken Flößern waren nur „Passagiere" auf dem Floß; sechs Handwerksburschen und ich. Die ersteren wurden umsonst mitgenommen, ja sie hatten sogar freie Verköstigung, wofür sie sich aber an gefährlichen Stellen auch selbst in die Ruder legen mußten. Es war zumeist still unter den Leuten. Nur von den Burschen waren zwei zu lebhaft, um sich von der ernsten Stille der Natur einschüchtern zu lassen. Der Berliner, ein flachsblonder Schneider, und der Böhm', ein dicker, rothköpfiger Hutmacher, waren die Lauten. Der Berliner erzählte bei jeder Gelegenheit alte, nicht immer saubere Geschichten und sang ab und zu mit heiserer Stimme lustige Studentenlieder, deren Melodien er so falsch nahm, daß man mit ihrer Hilfe nur schwer den verunstalteten Text erkennen konnte; der Böhm' belachte alle Witze seines Freundes und begleitete dessen Gesänge mit einer großen Ziehharmonika. Die beiden hätten überhaupt nicht aufgehört zu lärmen, wenn sie nicht hie und da ein ärgerlicher Zuruf des langen Sepp geschreckt hätte. Die anderen Flößer sprachen wenig mit einander, der Sepp fast mit Niemand. Er machte oft eine ungeduldige Bewegung, als fahre ihm das Floß zu langsam.

Das Floß wurde auch vom Meister ohne viele Worte geleitet; wenn eine Bewegung vorgenommen werden mußte, so genügte oft ein Wink, gewöhnlich ein kaum vernehmliches — mir selten verständliches — Wort des Meisters, um das Nöthige anzuordnen.

Jetzt schien irgend eine Gefahr uns nahe zu sein. Der Meister rührte sich nicht, aber die Flößer wurden unruhig. Sepp ergriff die Meßstange. Wir befanden uns vor einer Untiefe. „Fünfi!" zählte Sepp mit monotoner

Stimme. „Fünfi - kaum Fünfi — Fünftehalbi — gute Vieri — gute Vieri — Vieri" — die Gesichter wurden ängstlich, das Wasser durfte nicht noch niedriger werden! — „Vieri Vieri — kaum Vieri — gute Vieri — Fünftehalbi — Fünfi — Sechstehalbi — gute Sechsi!" — Die Gefahr lag hinter uns. Wieder glitt das Fahrzeug still und unmerklich dahin. Schon begannen die Sonnenstrahlen, denen wir auf der wiederspiegelnden Wasserfläche ohne jeglichen Schutz preisgegeben waren, heiß zu brennen, als plötzlich ein zauberhaftes Schauspiel sich darbot.

In das Bett der graublauen Donau ergießt sich die smaragdgrüne Enns und weit, weit hinaus zwischen prangenden Ufern ziehen nun die beiden Ströme in demselben Bette wie zwei spielende Schlangen nebeneinander her. Und immer weiter breitet sich die graublaue Schlange aus, bis sie, selbst die Farbe unmerklich ändernd, die grüne verschlungen hat. Während ich im Anschaun versunken dastand, hörte ich, wie der Sepp zu meinem Nachbar Jörg, einem eisgrauen Manne, auf mich deutend sagte: „'s ist doch a Maler!"

Fast gleichzeitig rief der Berliner, wie um mich absichtlich zu stören: „So 'ne Fahrt is doch eklich langweilig! Es giebt eben kein Vergnügen ohne Damen!"

Ich erschrak beinahe über den Zorn, den die albernen Worte bei Sepp hervorriefen.

— „Ob Du Dein Maul halten willst, elendiger Windhund, Du!" schrie er den kecken Burschen an. „Beim

Teufel, noch ein solches Wort, und ich werf' Dich in die Donau, daß Du nie wieder auf einen Balken zu stehen kommst. Hent' schweig still, rath' ich Dir! Hent!"

Mein Nachbar stieß mich an. „Hüten Sie sich heute vor dem Sepp. Es ist Mariä Himmelfahrt! Er hat Kräfte wie ein Stier und ist kreuzwild. Der dumme Schneider hat ihn gleich an Alles erinnern müssen."

— „Woran denn?"

- „No, an die ganze Geschichte. Hent' grad' vor 'm Jahr war's, da war zum ersten und einzigen Mal ein Weibsbild mit uns auf dem Floß. Ich will den Namen nicht nennen, sonst hört er's und fährt los. Ihr Mann, der war im Wirbel ertrunken, und da nahm der Sepp sie mit, damit sie das Grab sich mal ansehen könnte. Bei Enbereck liegt er begraben. Sie ist dann da geblieben, weiß nicht wo, und g'rad heute ist's ein Jahr.".

Ein Wort des Meisters rief den alten Jörg von meiner Seite. Wir näherten uns dem Greiner Strudel. Er ist den großen Dampfschiffen nicht mehr gefährlich, seitdem kühne Sprengungen die Bahn freier gemacht haben, aber die Salzschiffer und Holzflößer wissen noch immer von der Gewalt der Stromschnelle zu erzählen. Und wer es nicht wüßte, daß er einer Gefahr näher und näher rückt, der würde es beim Anblick dieser harten Männer fühlen, die den Ernst des Augenblickes kennen.

Man vernimmt kaum ein fernes Rauschen. Da treten plötzlich alle Männer von ihren Ruderbäumen weg und stehen hinter dem Meister in einer Linie da, wie in der

Kirche. Der Sepp blickt erst weit voraus, als ob er einen Gruß in die Ferne senden wolle. Dann steht er neben den Genossen. Das Rauschen wird deutlicher. Der Meister kniet auf seinem Platze nieder, die anderen falten die Hände. Ein kurzes Vaterunser. Der Schneider öffnet schon den Mund zu einer Bemerkung, da trifft ihn ein Blick des Sepp und er schweigt. Alle Mann jetzt rasch wieder an die Ruder. Schneller und schneller nähern wir uns dem Schwall. Dem Auge bietet die Stelle nichts Schreckhaftes dar. Wie ein Pfeil schießt das Floß dahin — und jetzt, fünfzehn Männer stemmen sich gegen die gewaltigen Ruderbalken. Gelingt's? Wie ein leichter Kork wird das Fahrzeug herumgerissen und wenige Schritte an Felsen vorbei — mit der Hand sind sie zu erreichen — fliegen wir dahin. Es ist glücklich gegangen. Doch da — beim letzten Wirbel, die Kraft der Flößer hat nachgelassen, da schleift der hinterste Theil des Floßes gegen das Ufer hin —, eine dumpfe, schwere Erschütterung — und einige Bretter treiben schon hundert Schritte hinter uns wie Splitter auf den wilden Wellen.

Der Meister will anhalten, um die losgerissenen Theile wieder aufzufangen und befestigen. Der Sepp aber läßt es nicht zu. „Keine Minute Aufenthalt, Meister!" ruft er. „Ich kann nicht warten. Lieber zahl' ich die paar Bretter!"

Die Flößer murren, aber der Meister winkt und ruhig fahren wir weiter. Der schlimmste Punkt der ganzen Strecke ist überwunden, man athmet auf und legt sich

auf die heißen Bretter zur Ruhe nieder. Das Donau=
wasser soll den Durst stillen. Da nähert sich mir der Jörg.
„Wenn Sie a Wein haben wollen, so müssen Sie jetzt
'n Zeichen aufstecken. Gleich, bevor wir nach St. Nikolai
kommen."

An das Ende einer langen Ruderstange wird ein helles
Kleidungsstück befestigt und hoch emporgehalten. Unterdessen
erklärt der Jörg.

Bei St. Nikolai steht eine Kapelle des Heiligen, nach
dem das Dörfchen heißt; hier wird für das Leben der
armen Flösser und Schiffer gebetet oder wenigstens für deren
Seelen, wenn das erste Gebet unwirksam war. So oft nun
ein Fahrzeug glücklich die Stelle passirt hat, kommt ein Kahn
vom Ufer heran, aus welchem ein sehr frommer Mann den
Geretteten eine große Sammelbüchse entgegenstreckt. Von
dem Erlöse wird die Kapelle und der Beter erhalten. Weil
in den letzten Jahren aber die Unglücksfälle und die Silber=
stücke immer seltener werden, hat sich der fromme Mann
genöthigt gesehen, neben seinen Sammlungen ein kleines
Weingeschäft einzurichten. Ein geschwungenes Tuch oder
Aehnliches ist für den Frommen ein Zeichen, daß auch ein
Durstiger auf dem Floße sei. Er nimmt dann außer seiner
Sammelbüchse noch eine große Kanne mit Wein auf seinem
Kahne mit.

Jetzt sehe ich viele Hundert Schritte unter uns einen
Nachen vom Ufer abstoßen. „Halten Sie ein Gefäß bereit",
sagt Jörg.

Drei große Töpfe gibt es auf dem Floß. In dem

einen wird das mitgenommene Fleisch aufbewahrt, in dem andern einige Pfund Mehl und ein Beutel mit Salz, in dem dritten liegen nur noch die Reste des Frühkaffees. Dieser dritte Topf wird rasch in der Donau ausgespült und kaum sind wir damit fertig, so legt auch der Kahn schon bei uns an. Ein frommer Gruß, ein Anrufen des heiligen Nikolaus, der Klang einer Münze in der Büchse. „Wein für einen Gulden!" ruft der Schneider. Dafür wird der Topf beinahe vollständig gefüllt und schon stößt der fromme Weinhändler wieder ab. Der ganze Vorgang hat keine Minute gedauert. Der Mann eilt, hinwegzukommen; denn jede Sekunde treibt ihn weiter stromabwärts und erschwert ihm die Rückfahrt.

Nun wollen alle, namentlich die Handwerksburschen, ihren Theil an dem kühlen und kräftigen Landwein haben. Der Schneider wird sentimental.

— „Herr," wendet er sich zu mir, „ich hätte 'ne rechte ausverschämte Bitte. Lehren Sie mich mal das Jaudeamus ijitur und ich will Ihnen dafür die Knöppe an Ihrer Weste annähen. Es fehlen ihrer gleich drei. Und außerdem erzähl' ich noch 'ne traurige Geschichte für umsonst."

Der Handel wurde geschlossen. Der Schneider nahm das nothleidende Gewandstück an sich und begann zu nähen und zu erzählen. Die Lection im Vortrage des Gaudeamus verschob er vertrauensvoll bis zum Abend. Er hub an:

— „Es war einmal eine Prinzessin, die hieß Rosalie. Sie war das schönste Mädchen auf der Erde —"

— „Ins Wasser mit Dir, Du Windhund!" unterbrach

ihn der Sepp. „Wenn Du nicht willst, daß ich Dir mit dem Brett, auf dem Du hockst, den Schädel einschlag', so erzähl' nichts von einer Rosalie. Die Allerschönste heißt Wawerl, so ist's und so bleibt's."

Sepp schaute sich rauflustig unter seinen Kameraden um. Da aber niemand widersprach, so beruhigte er sich wieder.

Er hatte schon oft nach mir herübergeschielt, jetzt trat er zu mir heran.

— „Sie, Herr, Sie sind ja ein Maler und da sind Sie ja mit allen den Herren in der Stadt gut Freund."

Ich wollte verneinen, er aber ließ mich nicht zu Worte kommen.

— „Wenn Sie den kennen, der die Frau auf dem Floß gemalt hat, so sagen Sie ihm, ich kauf's ihm ab. Ich, der Sepp Außerg'filder bei Breitenberg."

— „Was für ein Bild?"

— „No, er wird's schon wissen. Vor einem Jahr g'rad — just heut g'rad — ist er mit uns gefahren, wie damals das Wawerl mit ist. Na, sie hat's nit glauben wollen, daß ihr Mann todt ist, hat uns Mörder geschimpft, besonders mich, weil ich der Stärkste bin, und hat sein Grab sehen wollen. Ich hab damals noch nicht so recht gewußt, wie's mit mir stund, und da hab ich mir nicht viel dabei dacht, wie sie so dag'sessen hat auf dem Brett wie ... wie ... wie 'n Todtenengel auf'm Sarg. Der Maler aber hat sie aufgezeichnet; als ob sie weinen wollt', so hat sie ausgesehn. Und wie ich sie also auf dem Papier g'sehn hab', da ist's über mich kommen. No, und wie sie dann so g'schrien und g'jammert hat, da hab ich sie gefragt, ob sie mit mir nach Hauf' möchte. Da hat sie aber noch mehr g'jammert und hat g'schworen, sie bleib' in Enbereck in Dienst. Dort hat man nämlich seine Leich' g'funden und begraben. Ich hab ihr nur noch sagen können, daß ich in einem Jahr wiederkomm' und nachfrag'. 's war zu Mariä Himmelfahrt. Und just heut ist's ein Jahr."

Plötzlich brach der Sepp ab. Er schaute mich beinahe feindlich an, als wäre er böse darüber, daß er einem Fremden so viel vertraut hatte. Eine mächtige Aufregung hatte sich seiner bemächtigt.

Es war erst fünf Uhr Nachmittags. Die Sonne brannte noch glühend heiß auf uns nieder, aber schon begannen sich Nebel über den Strom zu legen. Der Meister befahl, beim nächsten Orte zu halten. Dort gedachte er zu übernachten und wollte morgen gegen Mittag in Wien sein.

— „Ich mein', Meister, wir fahren bis Enbereck", sagte ruhig der Sepp, indem er sich wuchtig gegen ein Ruder stemmte, das drei Kameraden in die andere Richtung bewegen wollten.

— „Es wird zu spät, Sepp; es könnte duster werden", sagte der Meister beinahe bittend.

— „Und ich mein' halt, wir fahren bis Enbereck", sprach der Sepp.

Niemand wagte mehr ein Wort; — wir fuhren weiter.

Die Nebel flogen wie dünne Schleier über das Wasser hin, ohne sich zu Wolken zu ballen. Ruhig und ungefährdet erreichten wir gegen Abend Lubereck.

Sepp arbeitete seit einer Stunde an dem beschädigten letzten Glied des Floßes. Keinen Blick warf er nach vorwärts; manches Mal war es, als risse es seinen Kopf gewaltsam herum. Starr sah er stromaufwärts. Nur einmal, als ich in seine Nähe kam, sprach er, mehr zu sich selbst als zu mir: „Sie hat ein schwarzes Kopftuch gehabt. Wenn sie ein rothes Kopftuch hat, . . ." — Weiter konnte ich nichts verstehn.

Jetzt waren wir dem Orte nahe, wo wir für die Nacht Halt machen sollten. Am Ufer sah ich eine Frauengestalt in einem hellen Gewande. Den Kopf bedeckte ein rothes Tuch. Sie stand, wie erwartend, auf einer Stelle. Als wir noch näher kamen, erkannte ich, daß sie eine Hand über die Augen hielt, um geschützt gegen die untergehende Sonne herüberspähen zu können.

Sepp blickte noch immer nicht um, aber Beil und Strick waren seiner Hand entsunken. Er saß da, wie vom Starrkrampf ergriffen. Jetzt — wir waren beinahe schon auf gleicher Höhe mit der Frau — wandte er langsam, langsam, wie zufällig, die Blicke gesenkt, den Kopf dem Ufer zu und jetzt — „Juchuh!" jubelte er, daß es wie ein Schlachtruf über den Strom gellte. Mit einem Satz sprang er in den Kahn, der an dem letzten Balken angebunden war, das Tau riß er mit sammt dem Eisenringe heraus und — fort war er. Bevor er das Ufer erreichte, hatten wir ihn aus dem Gesichte verloren.

Wir landeten unterhalb des Dorfes. Die gedrückte Stimmung hatte einer übermüthigen Laune Platz gemacht. Während die Burschen Schelmenlieder sangen und der Schneider die lateinischen Worte des Gaudeamus eifrig nachsprach und nachsang, bereitete der Meister die kräftige Abendmahlzeit aus den mitgenommenen Vorräthen und aus zwei Karpfen, welche auf die Angeln angebissen hatten. Die Fische, welche wohl ohne Fischereiberechtigung gefangen waren, wurden übrigens am Spieß gebraten, wenn man es so nennen will. Auf einer Lehmunterlage wurde ein großes Feuer angemacht, darin das Fleisch im Topfe gekocht und die Fische an zwei langen Holzspähnen so lange gehalten, bis sie gar waren.

Wir hatten seit dem frühen Morgen nichts gegessen. Das Mal schmeckte vortrefflich.

In Tücher und Mäntel eingehüllt lagerten wir uns sodann auf den leise schwankenden Brettern. Der Schneider lag in meiner Nähe. Er summte die Melodie des Gaudeamus. Nach einer Weile kroch er zu mir heran. „Heißt es homus oder humus?" fragte er.

— „Wollen Sie wissen," flüsterte er dann, „warum ich das Jaudeamus kennen wollte? Zu Hause bei Muttern da war auch eine Cousine. O, die war helle! Und schön, schön — na, ich habe sie vorhin gemeint, als ich von der Rosalie erzählen wollte. Die Rosalie mochte mich ganz gern leiden, so lange sie keinen andern kannte. Da war aber unser Zimmerherr, — ein Student. Den ganzen Tag sang er Jaudeamus ijitur und andere solche antiquarische

Lieder und da — ich habe ihr's aber gesagt, wie ich fortging: wenn ich wieder komme, so pfeif' ich Dir den Jaudeamus. Daß ich's ihr aber mit den nöthigen Worten vorsingen kann, ist mir doch lieber."

Er schwatzte noch lange. Aber die Nacht war lau, das Floß war eine sanfte Wiege, — ich hörte nicht mehr zu. —

Es dämmerte kaum, es war drei Uhr Morgens, als wir durch lauten Zuruf geweckt wurden. Fort ging es durch die langsam weichende Nacht. Der Sepp war wieder da und sein Gesicht glänzt vor Freude.

Als die ersten Arbeiten, welche das Einziehen der Taue erfordert, beendet waren, trat er lustig zu mir heran.

— „Sie war's. 's ist alles richtig. Und wenn Sie den Maler sehn, ich zahl 's gut. Vergessen Sie's nur nicht: der Sepp Außerg'filder bei Breitenberg."

Unter Barbaren.

Wir sollten uns nach einem gemüthlichen Beisammensein von mehreren Wochen trennen; der Zug ging in wenigen Minuten ab.

— Also adieu, wenn Sie nicht vorziehen, uns noch einige Stationen weit zu begleiten.

— Ein verführischer Einfall! — Bis zu welcher Station der Strecke kann ich fahren, Herr Kassirer, wenn ich noch heute hierher zurückkommen muß?

— Bis Kamenz.

— Sehr gut; bitte um eine Karte nach Kamenz.

Und schon brausten wir davon und begannen eine jener fieberhaften, unbefriedigenden Plaudereien, in welchen man einander die Abschiedsstunde durch hundert überflüssige Fragen und Antworten, durch selbstverständliche Versicherungen und Versprechungen, durch ernsthaftes Gähnen und unwahres Gelächter bis zum letzten Momente zu verderben pflegt.

— Da drüben im Thale liegt die Stadt Kamenz.

Aber sagen Sie mir doch, was in aller Welt soll ich sechs Stunden lang in Kamenz anfangen. Ich habe dort nichts, aber schon gar nichts zu schaffen.

— Ei, Sie widmen uns ein Weilchen stiller Erinnerung, dann essen Sie mit weiser Langsamkeit zu Mittag, dann besuchen Sie das schöne Schloß und den herrlichen Park, und dann können Sie froh sein, wenn Sie rechtzeitig wieder am Bahnhofe eintreffen. Er ist beinahe eine Stunde von der Stadt entfernt.

Der Schaffner riß die Thür auf. Händedrücke, wehende Taschentücher, ein dummes Gesicht, — da stand ich.

Ich begann das mir gestellte Programm auszuführen. Ich widmete den Begleiteten ein Weilchen stiller Erinnerung und schritt dann mit weiser Langsamkeit bei einer programmwidrigen Sonnengluth der Stadt zu. Eine eigenthümliche Unruhe überkam mich, wie immer, wenn sich ein Gedanke, ein Satz, ein Wort hartnäckig dem Gehirne einverleibt hat und doch nicht über den Horizont aufzutauchen vermag, oder wenn Einem eine bekannte Melodie unhörbar im Kopfe summt und sich nicht fassen lassen will. So vibrirte mir nun nach dem Takte meiner Schritte ein unbekannter Satz im Kopfe; nur den letzten Ton, das letzte Wort wußte ich genau, es hieß: Kamenz! Woher war dieser Name mir so vertraut? Zum Teufel auch, mit jedem Schritte wurde es mir klarer, daß dieser Ort ein lieber alter Bekannter sein müsse. Aber woher? Es wollte und wollte mir nicht einfallen.

Verdrießlich trat ich in den Wirthshausgarten „zum

schwarzen Adler", verdrießlich befriedigte ich meinen freund:
lichen Hunger, verdrießlich machte ich Zeche, um weiter zu
kommen. Drüben wurden eben erst angelangte Forellen in
den Fischbehälter gethan; die Wirthin sah aus ihrem
Fenster zu, ob ihre Tochter das schwierige Geschäft auch
ohne Tadel leitete.

— Lang mer doch glei a Schticker siebene in die Kiche
rein, Miele! — rief sie.

— Miele?! Emilie!! Emilia Galotti!!! — Ich sprang
auf; nun hatte ich's ja gefunden, ich war in Kamenz, dem
Geburtsorte Lessings.

Jetzt war freilich an Schloß und Park nicht mehr zu
denken. Der Zufall, der mich an die Geburtsstätte meines
Heiligen führte, mußte ausgenutzt werden, ich mußte auf
denselben Straßen wandeln, die er einst betreten, am Ufer
desselben Flusses, dessen Wellen einst seine Füße benetzt
hatten. Und wie war mir denn? Ja gewiß, über die Frage,
ob an seinem Geburtshause eine Gedächtnißtafel angebracht
werden sollte, hatte sich ja einst zwischen den gebildeten
Menschen und den geistlichen Bewohnern des Archidiakonats
ein schändlicher Streit erhoben; dieser Angelegenheit mußte
nachgespürt werden. Vielleicht konnte ich mir Zutritt zum
Stadtarchiv verschaffen, . . . doch vor Allem eine Wall:
fahrt zu der heiligen Stätte. Ich wandte mich an den
Wirth.

— Ich bitte, wo steht Lessings Geburtshaus?

Der Wirth schaute mich mit komischer Verwunderung an.

— Hie hao ber (haben wir) kee Geburtshaus. Dao mißten Se Ihre Dame schont nach Brassel (Breslau) breng. Ein Geschäftsfreund des Wirthes trat zu mir.

— Welches Haus suchen Sie? fragte er.

— Lessings.. ich hoffte wieder.

— Unter uns gesagt, versetzte er vertraulich, ziehen Sie vorher erst genaue Erkundigungen über diese Firma ein. Ich will nicht gerade behaupten, daß Lessing Gebrüder unsolide wären, aber heut zu Tage kann man für den alten Krösus auch nicht gut sagen.

Empörende Mißverständnisse; ich würdigte den Mann keiner Gegenrede. Da kam Hilfe vom Nachbartische; dort saßen zwei langhaarige Jünglinge im Alter von 13 bis 14 Jahren und stritten im reinsten schlesischen Dialekt über die Persönlichkeit des alten Dichters der Nibelungen. An diese jungen Gelehrten wandte ich mich; es war mir recht erfreulich, daß über diesen wackern Burschen der heimische Genius Lessings weihevoll zu schweben schien.

— Ich bitte, meine Herren, können Sie mir nicht sagen, wo hier Lessings Geburtshaus steht?

— Is denn Lässing vun hie zehause? fragte der Eine mit wißbegieriger Miene.

— Freilich; also wissen auch Sie nicht Bescheid?

— 's thutt mer leid; su weit sein mer in der Schule noch nicht, wer sein ärscht bei de Nibelung'n.

Ich unterdrückte mit stoischer Gelassenheit alle Bemerkungen über falsche Unterrichtsmethode, erinnerte nicht einmal an ähnliche Erfahrungen Götzens von Berlichingen. Ich hatte am andern Ende des Gartens zwei geistliche Herren bemerkt, einen alten Dicken und einen jungen Dünnen; es kostete Ueberwindung, bei Lessings Feinden Belehrung zu suchen, aber — unter den Vandalen dieses Ortes mußten diese doch für die Gebildeten gelten. Ich trat zu ihnen und grüßte höflich. Eine langweilige Anrede im Predigerdeutsch sollte sie vertraulich machen; der junge Dünne schnüffelte um meinen Kopf herum und wandte dann den seinigen mit instinktivem Mißtrauen ab, der alte Dicke dankte freundlich.

— Darf ich mit einer unheiligen Frage Ihre würdige Unterhaltung stören, meine Herren? Ich suche bisher vergebens nach dem Hause, in welchem vor einem und einem halben Säkulum Gotthold Ephraim Lessing das Licht dieser Welt erblickte.

Der junge Dünne trommelte auf dem Tische, der alte Dicke jedoch nahm sein Pfeifchen aus dem Munde und fragte freundlich zurück: — Welchen meinen Sie denn, mein Sohn? den berühmten Breslauer Domherrn Lessing, oder einen gleichnamigen theologischen Skribenten, der auch Theaterstücke geschrieben hat?

Das war zu viel; ich stürmte hinaus aus dem Garten „zum schwarzen Adler" und schüttelte den Staub von meinen Stiefeln.

Umsonst winkte vom bewaldeten Hügel das herrliche Fürstenschloß, umsonst wehte der leise Wind warmen Rosenduft aus dem Schloßparke herüber: ich dachte nur an Eines, an meine unterbrochene Wallfahrt. Ich ging zum Kaufmann und fragte nach Lessing, er verstand mich nicht; ich ging zum Apotheker, kaufte um zehn Pfennige Natron und fragte nach Lessing, — er declamirte aus „Nathan" und verstand mich nicht; ich fragte endlich jeden Vorübergehenden, sie schüttelten die Köpfe und verstanden mich nicht. Bald folgte mir eine Heerde von Gassenjungen und so oft uns ein ehrsamer Bürger entgegenkam, nahmen sie mir die Frage aus dem Munde und vierzigstimmig tönte es: — Wuh schtieht Lässings Geburtshaus?

Die Zeit war um, ich hatte nichts erfahren; wüthend, grimmig auf die Welt und mein Ungeschick verließ ich den gottverlassenen Ort, verfolgt von meinen Gassenjungen, die mir noch in's Coupé nachriefen: — Wuh schtieht Lässings Geburtshaus? Ich sank erschöpft auf die Holzbank dritter Klasse und verfluchte das deutsche Volk, das seine Schriftsteller nicht weicher fahren und einen Lessing in der eigenen Vaterstadt vergessen sein läßt. —

* * *

Es waren Monate vergangen. Fräulein T..., in deren Boudoir wir uns befanden, schrieb eben einen Brief an die Freundin und klagte darin über die Einsamkeit. Frau M.... lehnte im Sopha zurück und kokettirte mit einer Handarbeit, ich selbst begoß mit ernsthafter Miene die Blumen, während ich die ausführliche Geschichte meiner Sommerreise zum Besten gab. Ich hatte von unserem Zusammenleben in Schlesien erzählt, von der Reise nach Kamenz, von meinen dortigen Erlebnissen; selbst bei der

Erinnerung noch übermannte mich der Zorn und ich sprach, lebhaft mit der Gießkanne gestikulirend, eine wahre Philippika von Schmähworten gegen die Barbarenstadt, welche so wenig den Mann zu ehren verstand, dem sie ihre Bedeutung verdankte.

Fräulein T... unterbrach mich mit der üblichen Anrede:

— Sie sind ein Scha..

— Halt! Keine Injurien!

— So will ich Sie für heute mit Rücksicht auf die Zeugin meiner Ermahnung blos „Faulpelz" nennen. Denn das sind Sie! Anstatt zu Hause zu sitzen und zu schreiben, begießen Sie hier meine Blumen. Diese Geschichte, die Sie uns eben erzählen, ist ein fertiges Feuilleton. Sie haben ein schönes Feuer; gehen Sie sofort an Ihren Schreibtisch und entwerfen Sie eine vernichtende Schilderung der Kamenzer und ihrer Barbarei.

Ich wollte mich entfernen.

— Aber liebes Kind, sagte Frau M.... zu Fräulein T..., Du kennst ihn ja; nun wird er richtig nach Hause gehn, wird Abends wiederkommen und als einziges Resultat seiner Thätigkeit ein neues schlechtes Gedicht an Dich mitbringen. Mich würdigt er ja doch nicht seiner langen Verse.

— Meinst Du? So soll der nichtsnutzige Mensch gar nicht fortgehen. Hier! Bleiben Sie! Da ist Papier — so schönes Papier haben Sie noch nie besessen! — da ist Tinte und Feder. Schreiben Sie Ihr Feuilleton bei mir, auf der Stelle!

Ich setzte mich resignirt nieder; Schreibmappe, Tinte, Feder, Papier ließen nichts zu wünschen übrig. Nach einer Weile blickte ich auf.

— Mir fällt gar nichts ein, wenn man mir zuschaut. Ich kann nicht einmal einen Titel finden.

— Schreiben Sie: Unter Barbaren! Die Kamenzer verdienen es nicht besser. Haben Sie: Unter Barbaren?

Ich legte die Feder aus der Hand.

— Es geht nicht. Zu so einem Artikel brauche ich doch wenigstens eine Biographie Lessings, um keinem Irrthum in den thatsächlichen Angaben ausgesetzt zu sein. Ohne ein literarisches Hilfsmittel läßt sich so etwas nicht arbeiten.

— Sitzen geblieben, Sie klügster aller Faulpelze! Ich will Adolf Stahr's Lessing aus meiner Bibliothek holen und Ihnen durch Aufsuchen der betreffenden Stellen behilflich sein. Wenn Sie dann aber das Feuilleton nicht in einer halben Stunde fertig haben, so . . .   .

Ich glaube, mir wurde mit meinem eigenen Stocke gedroht.

Fräulein T . . . kam zurück, die schöne Biographie Lessings in der Hand, und setzte sich neben mich an den Schreibtisch.

— Welche Stelle soll ich Ihnen vorlesen, Ungeheuer?

— Gleich auf der ersten Seite, den Anfang des ersten Kapitels, wenn ich bitten darf.

Frau M... wollte sich todtlachen über diese Erpressung eines freien Geistesproduktes und durch die offene Thüre ertönte aus dem Nebenzimmer ein Mittelding von Geschrei und Gelächter, das ab und zu von den mühsam hervorgestoßenen Worten: — Es ist zum Schreien! Zum Schreien komisch! unterbrochen wurde.

Nur Fräulein T... und ich blieben ernst. Fräulein T... verwies die Andern zur Ruhe und begann zu lesen.

— Erstes Kapitel. Das Vaterhaus. — Die Stadt Kamenz in der Oberlausitz ist eine der sechs Städte...

Ich fuhr auf.

— Kamenz in?... fragte ich.

— In der Oberlausitz! wiederholte Fräulein T... mit stoischer Ruhe.

Im ersten Augenblicke war es mir, als sollte ich vor Scham in die Erde sinken. Dann siegte die Faulheit und ich brach in ein lustiges Gelächter aus.

— Ich brauche das Feuilleton nicht zu schreiben! rief ich.

— Warum nicht, Ungeheuer?

— Weil ich nun weiß, weshalb ich in meinem Kamenz nicht Lessings Geburtshaus gefunden habe! rief ich.

— Weshalb?

— Ich war wohl in Kamenz, aber nicht in der Oberlausitz, sondern in Schlesien!...

Die Damen versprachen mir damals, meine unmensch=

liche Blamage nicht weiter zu erzählen. Mich aber drängt's, den biedern Kamenzern — in Schlesien, wohlgemerkt! — es abzubitten, daß ich sie für Barbaren gehalten habe, und darum habe ich mir freiwillig die Sühne zudiktirt, eine öffentliche Beichte abzulegen. Dixi et salvavi animam meam.

Die Wendeltreppe.

(Diese wahre Geschichte spielt in Straßburg 1870, nach der Einnahme der Festung.)

Arthur (allein. In dem Augenblick, da wir zu lauschen beginnen, eilt Arthur zur Mittelthür, dieselbe wird von draußen heftig zugeschlagen.) Ich danke ergebenst! (Verbeugung.) Ein schöner Empfang! Um ein Haar hätte meine unschuldige Nase eine nichts weniger als ehrenvolle Wunde davongetragen. Bah, als Feind konnte ich mich darauf gefaßt machen, daß weder Männer noch Frauen uns mit offnen Armen empfangen würden. Die Hauptsache ist, daß ich endlich in einer menschenwürdigen Behausung von den Strapazen der Belagerung werde ausruhen können. Die Festung eingenommen, der Feldzug entschieden! das wäre selbst mit einem Stückchen Nase nicht zu theuer erkauft! „O Straßburg, o Straßburg, Du wunderschöne Stadt!" ... Ah! mein Fenster geht auf den Domplatz! Herrlich! (Er setzt sich ans Fenster.) Nun wird freilich kaum aus Arbeiten zu denken sein. Ich werde vom Morgen bis zum Abend hier sitzen, wie Ritter Toggenburg. Nein nicht einmal so vernünftig, wie dieser unvernünftige Ritter, denn er kannte wenigstens seine Schöne, er sah sie täglich, während ich . . . O hätte ich niemals in der Schule das griechische Alphabet gelernt, vielleicht hätte ich dann niemals erfahren, was platonische Liebe heißt. — Da drüben war's! Im Momente der äußersten Lebensgefahr stehe ich plötzlich gerettet im Halbdunkel und höre die Stimme eines Mädchens, eine Stimme, die mich glauben läßt, daß der alte Straßburger Münster von Engeln bewohnt wird . . . Arthur, du bist verrückt geworden! Du hast ja deinen Engel keine Viertelstunde gesprochen! Du besitzt ja keine andere Erinnerung an ihn, als die kleine glänzend schwarze Locke. (Er legt die Hand auf die Brusttasche.) Wirst du sie wieder hervorholen, Arthur, und sie küssen? Vernunft, Arthur! Suche lieber, deine Wirthe ein wenig zu beruhigen. Das war ja bei meiner Ankunft ein Entsetzen, als ob der leibhafte Satan in's Haus gebrochen wäre. Man flieht, man schreit, man verschließt die Thüren man ruft „Hilfe" und „Mörder", und mit dem „Mörder", meint man mich. Mich! Ich glaube, selbst diese Mütze (er legt sie ab) ist kriegerischer gesinnt als ich. Ich habe einen Schlachtenmaler gekannt, der in Ohnmacht fiel, wenn er sein eigenes fertiges Bild ohne genügende Vorbereitung erblickte. Wir Kriegsberichterstatter sind nicht viel besser daran. Ich ein Mörder! Ich, der ich meinen schönen, jungfräulichen Revolver stets ungeladen lasse, aus Angst, ich könnte in der Noth doch einmal von ihm Gebrauch machen und einen Menschen erschießen. (Er legt Revolver und Teleskop auf den Tisch.) Und vor mir flieht man, mir schlägt das hübscheste Dienstmädchen die Thür vor der Nase zu. Ich konnte nur noch eine ältere, sehr ältere Dame in verwegenem Negligée die Treppe hinunterstürzen sehn. Seit meiner Ankunft bin ich wie geächtet. Niemand wagt sich in meine Nähe, Niemand will mir auch nur ein Glas Wasser reichen. Wenn diese große Wassernoth noch lange andauern sollte, dann würde ich allerdings einem Räuber bald ähnlicher sehen, als einem civilisirten Civilisten von Kriegsberichterstatter. — (Am Fenster.) Ei, das ist ja die Luise, das hübsche Dienstmädchen! Sie kehrt also zurück? Sie soll mir Rede stehn! Sie soll sowohl den inneren als dem äußeren Menschen das nöthige Wasser kredenzen, oder ich kehre meine rauhe Seite heraus und erzwinge mir einen ganzen Eimer Wasser mit diesem Revolver in der Hand! (Ab durch die Mittelthür. Pause. Man hört einen Schrei, darauf kehrt Arthur zurück.) Nun wird es mir wirklich zu bunt! Hat mich vielleicht eine moderne Titania ohne mein Wissen in ein reißendes Thier verwandelt? Glücklicherweise hat Luise auf ihrer Flucht diesen Brief fallen lassen. Ich behalte ihn als Geißel. — Also ein „Fräulein Hedwig von Reichenfels" wohnt hier, wahrscheinlich meine alte Dame von vorhin. Einerlei, und wäre Hedwig von Reichenfels auch des Teufels Großmutter, ich will ihr den Brief persönlich übergeben, ich will, ich muß einen Menschen sehn. Mich dürstet nach Menschenblut! Bah, der Portier ist auch ein Mensch, den will ich von meiner Unschädlichkeit zu überzeugen suchen. — Nein, erst muß ich meinem Gesichte einen freundlichen Ausdruck geben. So! (Er geht freundlich lächelnd ab.)

Hedwig (von links.) Luise! (Sie tritt ein.) Luise! — das Haus ist wie ausgestorben. Es wurde mir so bange in meinem entfernten Zimmer. Was ist nur — ach so, wir haben Einquartirung bekommen! Da liegen die fremden Sachen umher, nachlässig zerstreut, recht wie im Lagerleben. Ich bin doch neugierig, was für ein Ungethüm uns bescheert worden ist. (Die Sachen musternd.) Unordentlich ist er gewiß, aber so sind sie Alle. Alle diese Männer haben doch eine Frau nöthig! — Ein Revolver! Brr, daß häßliche Ding! Ein Teleskop? Gerade wie jenes, das der junge Mann damals in der Kathedrale besaß! Ich hätte den weichen, herzlichen Ton seiner Stimme wohl längst wieder vergessen, wenn Mama mich nicht so oft vor ihm als einem höchst gefährlichen Menschen gewarnt hätte. Vielleicht, vielleicht wäre er mir gar gefährlich geworden! — Ah, ein Brief mit meinem Namen, — Mama's Hand. Was ist, — um Gotteswillen — (Sie hat den Brief aufgerissen und liest.) „Armes, geliebtes Kind! Ich bin entflohen und erwarte dich im Hotel d'Alsace. Man hat den Mann von der Wendeltreppe bei uns einquartiert — den Mörder von damals." Er hier! Aber ein Mörder!? „Auf der dunklen Wendeltreppe zückte der Elende eine Waffe gegen mich, faßte mich mit rauher Männerhand an der

Kehle, — doch das Alles mündlich. Bleibe keinen Augenblick unter einem Dache mit dem Kannibalen ... im Begriffe, mich zu beißen ..." Entsetzlich! Jeden Moment kann der Kannibale zurückkehren, — da ist er schon und kein Ausweg! Was thu' ich nur? (Sie ergreift mit einer Hand den Lauf des Revolvers, mit der andern das Teleskop.)

Arthur. (Noch in der Thür.) Ah!

Hedwig. Lassen Sie mich durch, mein Herr!

Arthur. Wenn Sie mir die Ehre erweisen wollen, mich eigenhändig zu erschießen, mein Fräulein, so müssen sie den Revolver erst laden. Im Ernste, mein Fräulein, ist das Ernst oder Scherz?

Hedwig. Lassen sie mich durch, mein Herr! (Sie läßt Revolver und Teleskop fallen, und sinkt schluchzend, die Hände vor dem Gesicht, in einem Stuhl.)

Arthur. So beruhigen Sie sich doch, mein liebes Fräulein! Sie haben nicht das Mindeste von uns zu fürchten. Wir sind zwar die Sieger, aber die anständigsten Sieger von der Welt. Und gar ich, — ich bin nur ein unblutiger, schüchterner Journalist, der hinter der Weltgeschichte herläuft und ihre Toilette beschreibt. Ich versichere, daß ich noch niemals Blut vergossen habe; nicht einmal auf der Jagd konnte ich jemals einen Hasen treffen. Beruhigt Sie auch das noch nicht? So gelten am Ende die Hilferufe und Ihr gegenwärtiges Entsetzen nicht dem fremden Feinde, sondern meiner höchst unwürdigen Persönlichkeit? Ich muß das schauderhafte Geheimniß kennen lernen, welches mich umschwebt. Geben Sie freundlichst die Hände vom Gesicht und antworten Sie mir! Ich bitte! Die Hände fort! (Er faßt ihre Hände.)

Hedwig (aufspringend.) Erbarmen! Rühren Sie mich nicht an!

Arthur. Sie sind es?! Nein, ich irre mich nicht! Das war der Klang jener Engelsstimme, die ich seit einem Jahre vergebens wiederzuhören hoffte. — So sprechen Sie doch! Haben auch Sie mich wieder erkannt? Haben Sie meiner auch nur ein einziges Mal seit jenem Morgen gedacht, an dem wir miteinander die liebe, gute, finstre Wendeltreppe zum Dom emporstiegen? Oder haben Sie das kleine Abenteuer gänzlich vergessen, dessen überraschender Ausgang mir heute noch so unerklärlich ist?

Hedwig. Mein Herr! Wenn noch ein Funke ritterlichen Sinnes in Ihnen schlummert...

Arthur. Soll ich ihn wecken? Der ganze Riter in mir ist schon wach.

Hedwig. ... so verlassen Sie mich auf der Stelle. Ich will mich dafür erkenntlich zeigen und keine Anzeige von Ihrem Frevel bei Ihrem Commandanten machen.

Arthur. Frevel! Was das für ein erschreckender Ausdruck ist! So ernst ist wohl das kleine Attentat nicht zu nehmen. Uebrigens ist der „Frevel" verjährt, mein Fräulein!

Hedwig. Verjährt? Ein Mordversuch verjährt? Ich

wüßte nicht, und glaube es auch nicht, daß nach Ihren Gesetzen ein Mörder...

Arthur. Mörder? Nannl Ich will Ihnen etwas sagen, mein Fräulein. Ich bin sehr gutmüthig und möchte Ihnen so ein „Bischen Mörder" nicht weiter übel nehmen; wenn Sie mich aber gar zu laut so nennen, müßte ich zu meinem größten Bedauern doch Protest einlegen.

Hedwig. (Treuherzig.) Also wären Sie wirklich kein Mörder? Aber Mama hat es ja gesagt.

Arthur. So? Mama hat es gesagt? Ja, dann muß es freilig wahr sein. — Sie werden demnach fliehen wollen, um ihre Wohnung dem Ungeheuer zu überlassen, welches jetzt ziemlich muthlos vor Ihnen steht. Ich aber fühle ganz ausnahmsweise ein menschliches Rühren und will mich lieber selbst zurückziehen und Ihnen und Ihrer hochzuverehrenden Frau Mama die Wohnung räumen. — Leben Sie wohl, mein Fräulein. und schließen Sie recht fest hinter mir ab. Vergessen Sie auch nicht, Ihr Silbergeschirr vorher genau nachzuzählen! Ich bin es als Kannibale gewohnt, das rohe Menschenfleisch, welches ich zum Frühstück zu nehmen pflege, mit Löffeln zu essen, natürlich mit gestohlenen, silbernen Löffeln. Leben Sie wohl! — Und sehen Sie mein Fräulein, Sie scheinen ja noch immer am Leben zu sein, trotzdem Sie sich seit einigen Minuten ganz allein in meiner Gesellschaft befinden. Ich habe mit seltener und mir durchaus ungewohnter Großmuth von diesen beiden Mordwaffen (er hebt Revolver und Teleskop auf) keinen Gebrauch gemacht, ich habe ihr junges Leben ausnahmsweise verschont, wie die kannibalische Jungfrau von Orleans ihren Lionel.

Hedwig. Nun spotten Sie! Böse sind Sie gewiß! Oh gehen Sie nur und lassen Sie mich allein! Ich weiß nicht, was ich denken, ich weiß nicht, was ich thun soll. Hätte es nur Mama nicht gesagt!

Arthur. Also war es Mama, die mich damals im Finstern für einen Mörder hielt?

Hedwig. Sie kann man aber auch nur im Finstern für einen Mörder halten.

Arthur. Aha! Jetzt lächeln Sie endlich wieder.

Hedwig (bittend.) Gehen Sie! Gehen Sie!

Arthur. Nicht bevor ich Ihnen die Harmlosigkeit meiner Natur vollkommen klar gemacht habe. Lassen Sie uns plaudern. Wir Journalisten gebrauchen überhaupt nur zwei Verbrecherwerkzeuge: die Feder und die Scheere. Die Feder ist für Mörder, die Scheere für Diebe. Womit also glauben Sie wohl, daß ich Ihr Leben bedrohen will? Die Feder schärfen wir nur gegen politische Gegner, nicht gegen harmlose Personen, am wenigsten gegen Damen. Und die Scheere ist gar nicht mein Instrument. Mit der Scheere schreiben gewöhnlich diejenigen Schriftsteller, welche die Feder nicht zu führen verstehen; sie nennen das „gedrucktes Manuskript." Ich, mein Fräulein, benütze die Scheere gar nicht; also auch der Dieb in mir läßt Sie unbelästigt.

Hedwig. Ich fange an zu glauben, daß meine Mutter Ihnen Unrecht that. Ihre Betheuerungen . . .

Arthur. ... sind Ihnen ohne Zweifel sehr interessant. Wenn Sie erst wissen, daß die Scheere Ihnen nicht wehe thut, dann brauchen Sie auch die Feder nicht zu fürchten. Die Feder streitet wie der antike Einzelkämpfer, die Scheere ist der moderne Massenführer. In einer Redaktion wurde jüngst einer meiner Collegen entlassen. Viele bewarben sich um die Stellung; der Verleger aber wies Alle ab und kaufte eine schöne, neue, scharfgeschliffene Scheere als Ersatz.

Hedwig (lachend.) Sie haben mich vollkommen überzeugt, mein Herr. Nehmen Sie meine Bitte um Verzeihung für meinen sinnlosen Verdacht mit auf den Weg.

Arthur. Also doch auf den Weg? — Werden Sie mich zum Abschied nicht wenigstens Ihre Hand küssen lassen? Es ist ja für Sie so wenig! Als ich Sie das letzte Mal sah, oder vielmehr nicht sah, im Dunkeln sprach, da — war ich glücklicher, und noch heute, kurz bevor Sie eintraten und ich Sie wiedersah, schwelgte ich wie ein Knabe in der Erinnerung an jenen kurzen, unerschöpflichen Moment. Mein Fräulein, Fräulein von Reichenfels, — Hedwig! — ja so heißen Sie! ...

Hedwig. Mein Herr!

Arthur. Mein Fräulein! Gestatten Sie mir doch für eine Stunde des Traumes diesen Ton der Fremdheit fallen zu lassen. Zwei Menschen, welche einander, sei es auch nur ein einziges Mal, — — geküßt haben ...

Hedwig (aufstehend.) Mein Herr, ich habe den Glauben

an Ihre Gefährlichkeit vollkommen aufgegeben, vollkommen. Trotzdem zwingen mich Ihr taktloses Benehmen, Ihre fabelhaften Behauptungen . . .

Arthur. Herrgott . . . Mein Fräulein, darf ich als Kriegsberichterstatter von meinem halbmilitärischen Charakter Gebrauch machen und fluchen?

Hedwig. Gewiß, wenn Sie den Umgang mit Damen vom ersten besten Unterofficier gelernt haben.

Arthur. Also nicht! Aber geküßt habe ich Sie ja doch!

Hedwig. Davon müßte ich doch auch etwas wissen.

Arthur. Allerdings, denn dazu gehören immer zwei. — Aber werthes, theures Fräulein, daß Sie sich damals beinahe allzu heftig von mir losrissen, ändert nichts an der Thatsache. Ich habe Sie geküßt! Ich trug die Erinnerung an diese unsere erste und einzige heiße Umarmung mit mir nach Hause und hierher zurück in den Krieg, und wenn einmal die Kugeln zu nahe pfiffen, die Kanone zu laut donnerte, dann dachte ich des Mädchens, lauschte dem leisen Tone ihrer Engelstimme und vergaß den Wirbel um mich her. Und wenn die Soldaten am Lagerfeuer mich mit übermüthigen Gesängen weckten, da störten sie meine Träume, ich träumte von der Engelstimme im Dome zu Straßburg.

Hedwig. Ich weiß nicht, was die Komödie bedeuten soll, welche Sie mir eben vorzuspielen beliebten. Ich wiederhole Ihnen, daß man niemals meine Lippen zu berühren gewagt hat, weder Sie noch ein Anderer . . .

Arthur. Letzteres freut mich aufrichtig.

Hedwig. Ich habe meiner deutlichen Erklärung nichts weiter hinzuzufügen und bitte Sie, sich mit dem Bewußtsein zu entfernen, daß Sie den Frieden eines Hauses gestört haben.

Arthur. Das haben Sie auch gethan, Sie haben sogar den Frieden eines sehr alten Hauses zerstört, meinen Frieden; ich hätte auf ihr ganzes Haus verzichtet, und mich mit dem Frieden einer einzigen Bewohnerin dieses Hauses begnügt. Das rührt Sie nicht? Nun denn, — ich will großmüthiger sein als Sie. Da Sie jenen Kuß durchaus nicht Wort haben wollen, so will ich das Andenken auch für mich zu vertilgen suchen und Ihnen das Corpus delicti, den Beweis für die Wahrheit jenes seligen Augenblickes in die Hände liefern.

Hedwig. Einen Beweis?

Arthur. Ja, ich bin wirlich ein Verbrecher, — ein Dieb. Ich habe Ihnen an jenem Tage ein Kleinod entwendet, das ich seitdem an meinem Herzen trage. Wenn ich Ihnen diesen meinen einzigen Schatz zurückgegeben haben werde, dann sinkt vielleicht auch die Erinnerung an meine That zu einem blassen Nebelbilde herab und mir entschwindet der Schatten meines Glücks. Doch — (er entnimmt seinem Taschenbuche eine große schwarze Locke.) Hier! (er betrachtet die Locke.) Bei Humboldt und Darwin! Das ist ein Naturwunder! Sie sind blond und meine Locke ist schwarz!

Hedwig. Ich weiß nicht, welche Ihrer schönen Freun=

drinnen ein so schönes, glänzend schwarzes Haar besitzt, wie die Locke in Ihrer Hand; ich weiß noch viel weniger warum Sie gerade mir ein Interesse für die Dame zumuthen.

Arthur. Gottlob, Sie werden eifersüchtig! Nun darf ich wieder hoffen.

Hedwig. Durchaus nicht. Ich fange an, zu begreifen. Sie sind wohl Perrückenmacher und wollten mir eine Haartour zum Kaufe anbieten. Sie hätten blond wählen sollen.

Arthur. Lassen Sie mich nur zur Besinnung kommen, mein Fräulein. Damals, als ich die Locke stahl, müssen Sie schwarz gewesen sein. Waren Sie wirklich Ihr Lebelang blond?

Hedwig (heiter). So gewiß, als Sie mich nie geküßt haben, und als Sie — ich will es ja glauben — kein Kannibale sind.

Arthur. Sie machen mich mit diesem Zugeständniß glücklich. Aber hören Sie mich noch ein wenig ruhig an, damit Licht in diese merkwürdige Sache kommt. Sie geben zu, nicht wahr? — daß ich derselbe Mensch bin, der in den ersten Tagen des März dieses Jahres unter sehr verdächtigenden Umständen drüben am Fuße der Wendeltreppe Ihre Bekanntschaft machte. Apropos! Meine Karte! Ich hätte mich wohl vorstellen sollen, bevor ich es wagte ... Ich begreife das. Ich heiße Arthur Ewis. Also geben Sie nun zu, daß ich und der Mann von der Wendeltreppe ein und derselbe Mensch sind!

Hedwig Zugegeben.

Arthur. Wenn Sie das Gegentheil behaupten würden, ich wüßte nichts zu sagen. So sehr bin ich irre geworden. Sie wissen also nun, daß ich — ich bin. Schön! Sie wissen aber nicht, daß ich Sie schon Tags zuvor flüchtig gesehen hatte, daß ich im Hotel Ihr Nachbar war, daß der Wohlklang Ihrer Stimme mich beinahe zum Horcher gemacht hätte, daß ich einige Worte eines Gesprächs vernahm — Sie wollten am folgenden Tage den Dom besichtigen — und daß ich durch Sie in Lebensgefahr gerieth.

Hedwig. Durch mich?

Arthur. Es war mir ein ganz besonderes Vergnügen — Ich war schon um acht Uhr Morgens auf dem Domplatze hier unten, um Ihr Erscheinen abzuwarten. Sie gestatten doch, daß mir die Zeit lang wurde? Die Leute begannen mich mit höhnischen Blicken zu betrachten, ich schämte mich meines kindischen Beginnens, ich fand meine Rolle als Schildwache vor dem Dom mindestens überflüssig. Da fiel mir ein Ausweg ein. Ich nahm mein Taschenbuch hervor und machte mich daran, eine kleine Partie des Domes nachzuzeichnen. Eine Weile ging Alles gut. Da stieß plötzlich ein vorübergehender Gassenjunge den Ruf aus „un espion prussien". Viele wiederholten den Ruf, ohne mich weiter zu belästigen. Sie hielten mich nicht ernstlich für einen Spion, sie wollten mich blos necken. Ich zeichnete ruhig weiter inmitten einer Gruppe von harmlosen Neugierigen. Da plötzlich sah ich, wie eine Dame, welche Sie sein konnten und auch waren, sich dem Münster näherte. Ich raffe meine Papire zusammen und will Ihnen nacheilen. Da bricht der Zorn der Menge los. Sie hielten die Eile des Verliebten für feige Flucht. Man nannte mich Spion, man rief nach der Polizei, man drängte sich um mich her, wollten mich mit Gewalt zurückhalten. Schon traten Sie durch die enge Seitenthür in den Dom. Da durchbrach ich die Menge und eilte Ihnen nach. Der Pöbel mit Gekreisch und Steinwürfen hinter mir drein. Ich war wirklich in einer ganz lächerlichen Lebensgefahr. Doch war ich schneller als meine Verfolger. Ich erreiche die Pforte, der Kastellan schließt hinter mir zu, da stehe ich athemlos im Dunkeln, ich höre die Orgel brausen, die Priester singen, bin im Asyl, das Heiligthum umfängt mich und die Engelstimme, der ich nachgeeilt war, spricht leise: „Diese abscheulichen Menschen! Aber Sie sind doch jetzt in Sicherheit, mein Herr?"

Hedwig. Ich war so erschrocken!

Arthur. Jetzt erst besann ich mich auf die Gefahr, in welcher ich geschwebt hatte. Meiner Freude über die glückliche Rettung konnte ich nicht besser Ausdruck geben, als wenn ich meinen Engel küßte. Ich leistete darum einen jener fürchterlichen Eidschwüre, „die nur Gott gehört", daß ich entweder Sie auf der Wendeltreppe küsse, oder mich von oben hinunterstürze. Das Dilemma war ein ausreichender Grund, den ersten Weg zu wählen. Ich bitte darum, Sie auf den Münsterthurm geleiten zu dürfen. Die Erlaubniß wird ertheilt. Ich fühle mich ganz toll. Die Gelegenheit wird auch ohne Hollunderstrauch günstig. Ihre Frau Mama geht voran, ich folge Ihnen . . .

Hedwig (immer heiterer). Und Sie haben mich auf der dunkeln Wendeltreppe geküßt?

Arthur. Ich glaube so frei gewesen zu sein. Ich verband so das Angenehme mit dem Nützlichen, denn ich ersparte durch meine angenehme Verwegenheit die gefährliche Luftreise auf das Pflaster des Domplatzes.

Hedwig. Und wie . . .

Arthur. In einer Anwandlung von Schwindel faßte ich Ihren Kopf . . .

Hedwig (in herzliches Lachen ausbrechend.) Und eroberten sich im Dunkeln Ihren Kuß?

Arthur. Ich war so frei. Und schnitt mit einem scharfen Messer diese Locke von ihrem Haupte ab. Und nun, ich bitte, lachen Sie nicht mehr; sagen Sie mir lieber, warum meine Locke so rabenschwarz ist.

Hedwig (lachend.) Weil Sie dieselbe im Dunkeln abgeschnitten haben, und im Dunkeln, mein Herr, sind alle — Locken schwarz. — Oder haben Sie die Locke vielleicht irrthümlich in Ihr Tintenfaß gesteckt, Herr Journalist?

Arthur. Gnade!

Hedwig. Gnade? Die Mittheilung, die Sie zu hören wünschen, wird Sie schmerzen.

Arthur. Lieber ein Ende mit Schrecken, als Schrecken ohne Ende. Ich bin bereit. Geben Sie mir den Gnadenstoß.

Hedwig. Gewährt. Als ich in der Dunkelheit Ihre Nähe fühlte, tauschte ich den Platz mit meiner Mama.

Arthur. Mit — Ihrer — Mama!? (Mit komischer Verzweiflung.) Ich habe also Ihrer übrigens hochzuverehrenden Frau Mama einen . . .

Hedwig. Jawohl! Sie haben meiner armen, guten Mama einen Kuß geraubt, diese jedoch nahm Ihre allzustürmische Umarmung für ein Attentat. Da, lesen Sie nur. (Sie reicht ihm den Brief.)

Arthur. (Liest.) Da steht es! — Ich bin ein Mörder — „rauhe Männerhand?" . . Meine zarten Finger eine rauhe Männerhand? Ah! das ist stark! — „im Begriffe mich zu beißen?" . . . Ah! Ah! Ah! Sie hält meinen Lockenraub für einen Mordversuch, meinen glühenden Kuß für einen Biß.

Hedwig. Dieses Mißverständniß ist eine geringe Strafe für Ihre Kühnheit.

Arthur. Ja, ich habe eine Strafe verdient. — Habe ich es aber auch verdient, daß ich mir seit jener Stunde mein Ideal mit der Engelstimme schwarzlockig vorgestellt habe, daß . . . oh, es ist entsetzlich! — Seit dem Frühling trage ich die schwarze Locke Ihrer übrigens hochzuverehenden Frau Mama auf dem Herzen. Tausendmal habe ich diese ehrwürdige Locke geküßt, tausendmal sie mit der Hand gestreichelt. — Von Rechtswegen sollte diese Locke grau sein. Warum ist sie auch nicht grau?

Hedwig. Trösten Sie sich! Mama wird vielleicht doch eine bessere Meinung von Ihnen fassen, wenn sie von ihrer platonischen Liebe, von Ihrer Verehrung für die geraubte Locke hört.

Arthur. Ja! Mama soll mich nicht länger für einen Kannibalen halten, der alte Damen beißt! Hören Sie meinen Vorschlag! Sie reichen mir Ihren Arm und wir bringen Ihre Mama aus dem Hotel d'Alsace im Triumphe hierher zurück. Dann leben wir in Eintracht zusammen, so lange die Kriegsereignisse mich bei Ihnen rasten lassen. In diesen Tagen werde ich mit allen erlaubten Mitteln um Ihre Neigung werben. Ich werde unsichtbar, unhörbar, kurz der liebenswürdigste Hausgenosse sein. Und wenn ich endlich scheiden muß, dann gestatten Sie mir einen Abschiedskuß . . .

Hedwig. Mein Herr!

Arthur. Auf Ihre Hand! Er soll mir ein Pfand baldigen Wiedersehens sein.

Hedwig. Hüten Sie sich, mir beim Abschied auf der Treppe die — Hand küssen zu wollen. Sie haben Unglück mit Ihrem — Treppenwitz.

Arthur. Ich küsse von nun an nur auf Treppen mit Oberlicht. (Hedwig macht sich zum Ausgehen fertig.) Glauben Sie endlich an meine Unschuld?

Hedwig. Ich glaube, daß Sie kein Mörder sind.

Arthur. Werden Sie an meine Liebe glauben?

Hedwig. Schwerlich.

Arthur. Und wenn ich Ihnen schwöre? Ich schwöre bei . . . bei . . . der Locke meiner Schwüre, bei der rabenschwarzen Locke Ihrer übrigens hochzuverehrenden

Frau Mama! Halten Sie auch dann meinen Schwur für falsch?

Hedwig. Beinahe! Denn Mama's Locken wenigstens — sans indiscrétion — sind — nicht ganz — echt. — Wenn Sie mich begleiten wollen, so kommen Sie, mein Herr.

Bei Fräulein Doctoressa.

(Ein einfaches ärztliches Sprechzimmer; rechts eine Thür, links im Hintergrunde an der Wand ein Schreibtisch, darauf Papiere und eine deutlich sichtbare Klingelschnur. Susanna ist dunkel gekleidet; ihr gelehrter Beruf ist im Aeußeren nur leise angedeutet.)

Susanna (allein.) Herein! — Herein!! — Sollte ich mich abermals getäuscht haben? Unaufhörlich glaube ich das sehnsüchtig erwartete Pochen der ersten Patientin zu vernehmen. (Sie blickt hinaus.) Wieder Niemand, wieder eine Hallucination! — Wer mir das vor fünf Jahren gesagt hätte, daß ich am Tage nach der Erreichung meiner hohen Ziele, wie ein armer Handwerker auf — Kunden warten würde, anstatt im Bewußtsein des zurückgelegten, harten Weges befriedigt auszuruhen. Wer mir prophezeit hätte, daß ich die erste Patientin ungeduldig herbeisehnen werde! Freilich, Einer hat es geweissagt, ich würde einst den Weg zum Ziele schöner finden, als das Ziel selbst. Doch dieser Eine ist ein Egoist, darum ein schlechter Prophet. Herr Prophet Otto Sött! — Er warb um mich. Aus Liebe? Aus Eitelkeit? Was weis ich! Nein, Herr Fabrikant, noch kenne ich keinen Mann, dem zu Liebe ich meine Freiheit opfern könnte, und so lange mir kein Bedeutenderer begegnet, als Sie, so lange werde ich meinem Berufe nicht ungetreu. Wenn der Beruf nur mir nicht untreu wird! Draußen steht es in schönen, vergoldeten Buchstaben: „Med. Dr. Susanna Rodde, Sprechstunden nur für Damen 2—4 Uhr Nachmittags." Schon schlug es drei Uhr und noch hat Niemand außer mir die Thür geöffnet. Ich bin vor Ungeduld selbst fast krank und werde mich bald allein behandeln können; jeden Augenblick glaube ich das erste, süße Klopfen zu vernehmen. (Es klopft.) Schon wieder dieses Geräusch! Es ist ja doch nur Selbsttäuschung, ich rufe nicht mehr „herein." (Es klopft.) Aber nein, keine Täuschung! Man scharrt draußen mit den Füßen! Es ist keine Hallucination! Es ist eine wirkliche, lebendige, mit den Füßen scharrende Patientin! Sie soll es mir nicht anmerken, daß ich ihrer so ungeduldig geharrt habe! Nun lasse ich auch sie warten, meine böse, erste Patientin. (Sie setzt sich zum Schreibtisch und kehrt, wie beschäftigt, der Thür den Rücken.) — Herein!

Otto. (Für sich.) Sie spielt die Beschäftigte. (Räuspert sich.)

Susanna. (Schreibend.) Verzeihen Sie noch einen Augenblick, ich bin gleich bereit. — So — noch die Adresse.

Und nun — was wünschen Sie? (Sie wendet sich um.) Wie? Sie sind's nur?

Otto. Nur ich, wenn Sie erlauben. Wenn Sie auch für mich ein wenig Zeit hätten . . .

Susanna. Es ist jetzt meine ärztliche Sprechstunde. Auch wüßte ich nicht, was Sie mir zu sagen hätten. Das einzige Thema Ihrer Gespräche glaubte ich schon einmal zu Ende geführt zu haben und zum Plaudern habe ich wirklich keine Zeit.

Otto. Keine Zeit zum Plaudern? Nicht einmal während Ihrer Sprechstunde? — Ich komme aber nicht zum Plaudern hierher, wahrhaftig nicht! Ich komme — als Patient.

Susanna. (Lächelnd.) Sie sehen nicht im Mindesten leidend aus. — Doch gleichviel. Ich bin Frauenarzt, ich behandle nur Frauenkrankheiten.

Otto. Ganz recht. Was mir fehlt, ist ja gerade — eine Frau.

Susanna. Sie stellen meine Langmuth auf die Probe.

Otto. Das nennen Sie Langmuth? Mein Fräulein Doctoressa, als man Sie — nicht zu Ihrem Vortheile — mit dem zwar auszeichnenden aber ziemlich unbequemen Doctorhute bekleidete, haben Sie den Eid geleistet, der leidenden Menschheit helfen zu wollen. Nun denn! Ich bin leidend, ein Mensch bin ich ja wohl auch: helfen Sie mir!

Susanna. Als Arzt?

Otto. Meinetwegen. Soll ich Ihnen meine Krankheitsgeschichte erzählen?

Susanna. Nicht nöthig! Sie leiden an einer sehr weit verbreiteten Krankheit, an den epidemischen Wahn, ohne Gefährtin nicht leben zu können. Sie haben mich in früheren Jahren, als mein damaliger gesellschaftlicher Müßiggang mich oft mit Ihnen zusammenführte, immer beschuldigt, ich sei die schreckliche Ursache Ihres chronischen Uebels — — —

Otto. Chronisches Uebel! Du lieber Gott! Seit sieben Jahren leide ich daran! Haben Sie denn niemals Theilnahme für mich empfunden?

Susanna. Es scheint nicht. Mein ganzes Leben, meine Berufswahl, mein Kampf um meine Unabhängigkeit, das Alles sprach deutlich genug. Und nun kommen Sie doch wieder und verlangen Hilfe von — mir!

Otto. Um mir zu helfen, hätten Sie allerdings nicht Medicin studiren müssen, mein Fräulein! Ich bin Ihr einziger Patient. Wollen Sie mir nicht ein ganz klein wenig Hoffnung geben? Mir nicht wenigstens ein ganz kleines Recept verschreiben?

Susanna. (Setzt sich zum Schreibtisch.) Ein Recept will ich Ihnen aufschreiben.

Otto. Ohne mir wenigstens den Puls gefühlt zu haben? Ich betheure Ihnen, er schlägt fieberhaft. Mein Leiden ist so seltsamer Art, daß eine Berührung des Pulses schon Linderung verschafft. Sogar dann würde sich's lindern, wenn der Patient den Puls des Arztes ergreifen dürfte.

Susanna. Da! (Sie reicht ihm das Recept, wobei Ihre Feder unter den Schreibtisch fällt.)

Otto. (Liest.) „Recipe. Duodecim — ein ganzes Dutzend? — Brausepulver. Bei jedem Anfall eine Dosis, mit kalten Wasser gemischt, zu nehmen." — Sind Sie denn ohne Mitleid?

Susanna. Nein! Ich will stets armen, mitleidswerthen Patienten die Arznei umsonst verabreichen. Hier sind zwölf Brausepulver; was das kalte Wasser anbelangt . . .

Otto. . . . so ist mir, als hätte ich auch davon zur genüge erhalten. Danke! — Was suchen Sie?

Susanna. Die Feder ist mir entfallen.

Otto. So?

Susanna. Ich kann sie nicht wieder finden.

Otto. So?

Susanna. Ich kann nicht so weit unter den Schreibtisch langen.

Otto. So?

Susanna. Sie sind sehr wortkarg.

Otto. Ich sehe die Feder ganz deutlich. Sie liegt hart an der Wand. Sie müssen den Schreibtisch ein wenig fortrücken.

Susanna. Ich?

Otto. Ich dächte doch: eine Dame, welche sich allein durch's Leben hindurchkämpfen will, wird wohl wegen einer gefallenen Feder nicht die Dienste eines Mannes erbitten wollen.

Susanna. Gewiß nicht, mein Herr. (Sie stemmt sich gegen den Schreibtisch, kann ihn aber nicht von der Stelle rücken; tief aufathmend läßt sie los.)

Otto. Andere Geister klopfen blos, wenn sie Tische rücken wollen. Versuchen Sie es doch auch, klopfen Sie ein wenig.

Susanna. Sie irren sich, mein Herr, wenn Sie glauben, daß Sie jetzt witzig sind. Sie sind nur unhöflich.

Otto. Warum mußten Sie mich auch zum Widerspruche reizen? Also Scherz bei Seite! Auf die Gefahr hin, ein Brausepulver nehmen zu müssen, wiederhole ich Ihnen, daß ich ohne Sie . . . (Es klopft.)

Susanna. (Schüchtern.) Ich glaube, es hat wirklich geklopft.

Otto. Mir kam es auch so vor. (Susanna ab.) Verwünscht! Das war mein Student! Den hätte ich auch für später bestellen können. (Susanna kehrt zurück.) Muß ich mich zurückziehen — vor der ersten Patientin?

Susanna. Es war nur ein armer Student, der um eine Unterstützung bat.

Otto. Aha, ich kenne das. Sie werden täglich kommen, die armen Studenten. Und Sie, Fräulein Doctoressa, Sie werden Almosen austheilen und hie und da einer neugierigen oder bedürftigen Patientin althergebrachte Recepte aufschreiben, anstatt Ihre Träume von einem wissenschaftlichen Beruf erfüllt zu sehen. Als Sie für Ihren Beruf studirten, da dienten Sie der Wissenschaft, jetzt dienen Sie dem Leben. Der Forscher steht auf lichter Höhe, der Arzt muß herabsteigen zu den Leiden der Menschheit und muß sich opfern, um die tausend kleinen Leiden zu lindern, sich selbst opfern, oft auch seine hohe wissenschaftliche Ueberzeugung. Kann ein so praktischer Beruf Ihren stolzen Geist ausfüllen?

Susanna. Die Wissenschaft steht zu hoch! Sie werden mich nicht verleiten, an ihr zu zweifeln.

Otto. Um zahlreiche Patienten zu haben, muß ein Arzt alt werden, und zum Altern, mein Fräulein, zeigen Sie noch wenig Talent. Wollen Sie wirklich Ihre müthigsten Jahre besten Falls damit verbringen, heißen Thee gegen den Schnupfen und kaltes Wasser gegen das Nasenbluten zu verordnen? (Es klopft.) Werden Sie sich immer dabei befriedigt fühlen, wenn, wie eben jetzt vielleicht, die ersehnte Patientin mit einem Schnupfen vor der Thür steht! (Susanna ab.) Ich bin doch neugierig, wie das wirken wird. (Lauschend.) Ja, es ist meine Wäscherin. Sie spielt vortrefflich. (Susanna kommt ärgerlich zurück.) Wie? Nicht einmal den Schnupfen hatte sie?

Susanna. Eine stämmige Frau war draußen. Ich sollte ihr zwei Zähne herausziehen.

Otto. Sie haben es nicht gethan?

Susanna. Aus dem Gebiß? (Kleinlaut.) Mit ihren Elephantenzähnen hätte sie mir eher den Arm ausgerissen, als ich Ihr einen Zahn! — Ja, lachen Sie nur.

Otto. Sie werden oft Zähne ausziehen müssen, oder

die ärmeren Patienten, die einen Dentisten nicht honoriren können, werden nichts von Ihnen wissen wollen. (Es klopft.)

Susanna. Ich getraue mich beinahe nicht mehr hinaus. (Ab.)

Otto. Ich bin doch ein Teufelskerl, der fertige Regisseur! Der Student, die Frau mit den Elephantenzähnen und der Schornsteinfeger — Alles mein Werk. Und wie unschuldig ich bei alledem aussehe, — ich wäre doch ein famoser Comödiendichter. Mein Diener wartet auf der Treppe und sagt allen wirklichen Patientinnen, Fräulein Doctor sei soeben auf's Land zu einer Schwerkranken gerufen worden; man möge morgen wiederkommen. Es ist ein Betrug, den meine Liebe allein entschuldigen kann. Susanna soll durch die Abenteuer der ersten Sprechstunde aus ihren Träumen geweckt werden. Alsdann trete ich ihr als Mann, imponirend entgegen und der Sieg ist mein. Ich glaube, ich gefalle Ihr schon besser. Sie kommt! Jetzt heißt es wieder, unschuldig aussehen. (Er nimmt ein Buch und blättert darin.)

Susanna. (Kommt aufgeregt zurück. Für sich.) Ich täusche mich nicht, es ist der Diener dieses Herrn Freiers, der als Patientenscheuche auf der Treppe stand und eben eine alte Frau zurückgewiesen hatte. Den Diener habe ich einfach aus dem Hause gewiesen — nun zu seinem Herrn! Man intriguirt gegen mich. Nehmen Sie sich in Acht, Herr Freier.

Otto. Ah, Sie wieder hier! Muß ich nun doch gehn?

Susanna. (Freundlich.) Es war — ein Schornsteinfeger. Der Narr fragte mich, ob Fräulein Doctor auch — rathen Sie, was?

Otto. Ja, was denn? — (Für sich.) Das war sehr unschuldig gefragt!

Susanna. Ob ich auch barbiren könnte! (Otto lacht heimlich.) Als der Schornsteinfeger sich entfernte, lachte er heimlich, just wie Sie eben. (Lauernd.) Sowohl sein Lachen, als diese ganze Reihe von — Zufälligkeiten erschien mir so — seltsam, daß ich dem Manne bis — zur Treppe nachging.

Otto. (Erschrocken.) Sie haben doch nicht ... (Für sich.) Das war nicht unschuldig genug!

Susanna. (Für sich.) Er hat sich verrathen. (Laut.) Ich konnte aber nichts Auffallendes entdecken. (Für sich.) Er spielt mit mir? Gut, so will auch ich ihm aufwarten. (Sentimental.) Ach, so beschämend hätte ich mir mein Debut niemals vorgestellt. Sie waren der Einzige, der mich bei Zeiten warnte.

Otto. Wenn Sie diese Wahrheit erst erkennen, so werden Sie sich auch bald an den Gedanken gewöhnen, daß die Frau nichts Besseres thun könne, als sich dem schärfern Geiste und der festeren Energie des Mannes unterzuordnen.

Susanna. (Für sich.) Ich lasse ihn erst ganz nahe herankommen! — (Laut.) Ja, lieber Herr Otto Sött, wenn Sie mir doch beweisen könnten, daß der Mann uns immer an geistiger und körperlicher Kraft überragt!

Otto. Nichts leichter! Ich will Alles beweisen. — Lassen wir den Geist vorläufig bei Seite.

Susanna. Ich begreife.

Otto. Sie werden schon aufhören zu spotten, Fräulein Doctoressa. Sie werden zugeben, daß — wie Sie vorhin den Schreibtisch nicht von der Stelle zu rücken vermochten — Sie bei Tausend unbedeutenden Anlässen einen Mann zu Hülfe rufen müssen. Sie werden ferner zugeben, daß es Ihnen nicht gelang, jenen Hahn mit männlicher Kraft und Würde herauszureißen. Und wie erst, wenn sich Ihnen ein Mann persönlich zum Kampfe gegenüberstellt?

Susanna. Nicht Alle haben den Muth. Und an Räuber glaube ich nicht.

Otto. Sie fordern mich heraus? Gut! Wenn ich bei= spielsweise — nur beispielsweise, mein verehrtes Fräulein, — jetzt ausriefe: (leidenschaftlich). Ich verlasse dieses Zimmer nicht, bevor Sie sich nicht durch einen Kuß zu meiner Braut erklärt haben. (Er drängt sie, ohne sie zu berühren, nach rechts.)

Susanna. Ich glaube, das wird ernsthaft! Ich bin nicht so ganz wehrlos; ein Zug an jener Klingelschnur ruft den Portier herauf.

Otto. Aber der entschlossene Mann — in meinem Beispiel also ich — würde Sie nicht bis dorthin gelangen lassen.

Susanna. Mein Herr, das wird unverschä...

Otto. Unverständig, wollen Sie sagen! Es ist ja nur ein Beispiel, nur ein Scherz.

Susanna. Den Sie zu weit treiben!

Otto. Ich nahm blos Ihre Herausforderung an, ich sollte Ihnen ja einen Beweis liefern.

Susanna. Lassen Sie mich zu meinem Schreibtisch!

Otto. Nur über meine L...

Susanna. Ueber Ihre Leiche? Werden Sie doch nicht gar noch pathetisch.

Otto. Ich wollte sagen nur: über meine Lippen.

Susanna. Aber Sie werden mich doch nicht gewaltsam zu Ihrer Braut machen wollen?

Otto. Verehrtes Fräulein, sobald Sie erst die imponirende Uebermacht des Mannes erkannt und anerkannt haben, will ich mein Glück nur noch Ihrem Herzen verdanken. Nur meine Liebe ließ mich so kühn werden. Sie, das stolzeste Mädchen, im Triumphe an meinem Arm zu führen, das war und ist das Ziel meines Lebens. Mein theueres Fräulein — bin ich Ihnen denn ganz und gar gleichgiltig?

Susanna. (Zögernd.) Gleichgiltig? Das eben nicht ganz.

Otto. (Jubelnd.) Nicht gleichgiltig? Dann habe ich gewonnen! Ich kenne das! Sie glauben noch, mich zu hassen und lieben mich schon. Ich kenne das! Ist man einmal nicht mehr gleichgiltig, so ist die Liebe bereits im Aufblühen. Jetzt mögen Ihre Gefühle gegen mich wohl noch — gemischte sein...

Susanna. Recht gemischte, allerdings.

Otto. O, ich kenne das! Was sich liebt, das neckt sich. Jetzt sind Sie sich selbst noch nicht klar geworden. Sie ärgern sich vielleicht über mich.

Susanna. So etwas Aehnliches. Mir ist, als könnte ich Ihnen aus Aerger einen recht übermüthigen Streich spielen.

Otto. Bravo! Sie möchten mich reizen? So habe ich gesiegt und gebe Sie frei! Nun geben Sie mir, frei geworden, Ihr Jawort.

Susanna. Aber bedenken Sie doch die lächerliche Rolle, die ich spielen würde. Die morgigen Zeitungen bringen das erste Inserat über die Eröffnung meiner ärztlichen Praxis. Ich kann diese Ankündigung unmöglich mehr rückgängig machen. Es ist zu spät.

Otto. Sie freilich nicht, aber ich. Männliche Energie überwindet alle Schwierigkeiten. Sie fangen bereits an, Nebenumstände zu erwägen, Sie vertheidigen nicht mehr die Hauptsache — also geben Sie sich gefangen, der Sieg ist mein! Ich danke Ihnen, Susanna! Kein Zwang mehr! Hier! Der Weg ist frei — wenn sie wollen. — So läuten Sie doch den Portier! — Sie thun es nicht? Susanna, einen Kuß!

Susanna. Sind wir schon so weit?

Otto. Bald. — Ich bin jetzt nur noch Ihr Sklave. Jetzt rücke ich den schweren Schreibtisch fort — hier ist Ihre Feder. — Und nun (er führt sie zum Schreibtisch) schreiben Sie selbst die wenigen Worte auf: „Fräulein Doctor Medicinae Susanne Rodde, Herr Otto Sött, Fabrikant, Verlobte." Die morgigen Zeitungen werden anstatt Ihrer — Geschäftsanzeige unsere Verlobung veröffentlichen.

Susanna. Mein Herr, Sie haben mich überzeugt. Sie haben Recht, es kann kein Weib ohne männliche Stütze auf der Welt bleiben. So ergreife ich denn die Feder und mit diesen Zeilen (sie schreibt) opfere ich das Gut meiner unabhängigen Einsamkeit und willige ein, eine männliche Stütze anzunehmen.

Otto. Victoria! (Er ergreift das Blatt.) Ich selbst will...

Susanna. (Klingelt.) Nicht nöthig! Ich rufe schon den Portier, der das neue Inserat in die Druckerei besorgen kann. (Lachend.) Wie gefällt Ihnen meine Anzeige?

Otto. (Liest verblüfft.) „Ein Hausdiener"... Wie?

— „Ein Hausdiener in gesetzten Jahren wird gesucht." —

Susanna. Es ist die männliche Stütze, von deren Unerläßlichkeit Sie mich überzeugt haben. Wie? Eine solche Strafe glauben Sie nicht verdient zu haben? Mein Herr, Sie haben mich auf meinem Wege aufhalten wollen, Sie haben mich durch Gründe und durch Intriguen von dem hohen Ziele abwenden wollen, dem zuzustreben ich mein Leben, also auch meine Jugend geweiht habe. Ich kann nicht glauben, daß irgend ein Mensch mich jemals würde überzeugen können, häusliche Freuden an der Seite der „männlichen Stütze" könnten dieselbe Genugthuung gewähren, wie der die Seele befreiende Ausblick von den Höhen der Wissenschaft. Ich traue keinem Manne diese Ueberredungsgabe zu, und Sie mein Herr, Sie — nein, ich glaube nicht, daß es just Ihnen gelänge. Sie dürfen mir gar nicht zu böse sein! Ich habe meine Zeit mit Studien und nicht, wie andere junge Mädchen, mit den sogenannten „weiblichen Handarbeiten" zugebracht. Ihr Körbchen, Herr Otto Sött, wäre sonst — zierlicher geworden. — Apropos, Ihren Diener habe ich fortgeschickt, — die Treppe ist frei. (Es klopft.) Adieu, mein Herr! — Herein! — Die erste Patientin!

Rahelchen.

Die Heldin ist nicht, wie der Name erwarten ließe, eine Enkelin der berühmten Rahel Levin, welche im ersten Drittel dieses Berliner Jahrhunderts allen höheren Intelligenzen der damaligen preußischen Hauptstadt ihre Sopha's zur Verfügung stellte. Die Verwandtschaft läßt sich nicht beweisen, wenn auch kein einziger Umstand gegen eine solche spräche. Wir nennen die liebenswürdige Hausfrau nur deshalb „Rahelchen", weil sie sich selbst gern mit der innerlich so geistvollen Gattin Varnhagen's von Ense vergleicht und das Diminutivum mit der rührenden Bescheidenheit duldet, welche sie in allen Lebensfragen und Lagen auszuzeichnen pflegt. In Wirklichkeit heißt sie — doch ich glaube, sie führt mehrere Namen.

Sie ist jetzt zum zweiten Mal verheirathet. Das Bildniß ihres ersten Gemahls, des reichen Schafwollhändlers S., hängt im grünen Salon. „Nur des berühmten Malers wegen", pflegt sie zu erklären. Er ist ein kluger und witziger

Mann gewesen, dessen ursprüngliche Natur kaum durch ein bischen Lesen, Schreiben und Rechnen, sonst durch keinen Schimmer der sogenannten Bildung entstellt worden ist. Er war mit seiner hübschen jungen Frau erst dann nach Berlin gekommen, als seine Mittel ihr erlaubten, das reizende Häuschen in der Thiergartenstraße — das mit den Hundeköpfen über den Fenstern — zu kaufen. Zu Ruhe setzen konnte sich Herr S. damals noch nicht. Er stand des Morgens pünktlich um sechs Uhr auf und arbeitete gar fleißig bis zum späten Mittagessen. Denn den Abend nahmen die geselligen Bedürfnisse seiner Frau vollständig in Anspruch. Beim „Diner" ersetzten fünf Hausfreunde die Stelle und den Appetit von Kindern, da solche nicht vorhanden waren. Nach Tisch mußte Herr S. starken schwarzen Kaffee trinken und mit seinen Gästen Cigarren rauchen, obgleich beide Genüsse ihm nicht zusagten. Dann fuhr das Ehepaar in ein Theater — unbedingt zu allen Premiéren — und nahm von dort immer den einen oder den anderen Freund nach Hause mit, wo man bis ein oder zwei Uhr Nachts beisammen blieb und bei vortrefflichem Wein politisirte. Herr S. durfte dabei niemals einschlafen. Rahelchen schlief dafür immer bis gegen Mittag.

Die Gesellschaft der Hausfreunde war klein, aber gewählt. Erstens ein Börsenmakler, Verwandter des Hauses, also leider nicht zu umgehen, zweitens ein Franzose, Sprachlehrer, von nicht ganz tadellosen Manieren, wenig Witz und viel Durst, enfin ein wirklicher Franzose, wenn auch leider bloß ein Marseiller, drittens ein strebsamer junger Maler,

Schüler des berühmten, der Herrn S. verewigt hat, viertens der Buchhalter, dagegen aber fünftens ein Lieutenant. Rahelchen hatte sich immer einen Lieutenant gewünscht und einmal so lange an Migräne gelitten, bis Herr S. ihr einen nach Hause brachte.

Im achten Jahre nach der Uebersiedlung starb Herr S. Er hinterließ einen vortheilhaften Ruf als Kenner in Weinen und in Cigarren.

Auch Rahelchens augenblicklicher Gatte schlägt mit den besten Bordeaux- und Havanna-Erzeugnissen jeden Zweifel an seiner geistigen Bedeutung nieder. Ich werde vielleicht ein anderes Mal erzählen, warum er in unseren Kreisen nicht anders als „Helenus" genannt wird. Bekanntlich ist diejenige Regierung die beste, welche sich überflüssig zu machen weiß; nach dieser Regel ist Helenus der beste Hausherr. Er war einmal zwei Monate lang von Berlin abwesend, und keiner seiner Freunde merkten etwas davon. Helenus verträgt den Bordeaux, den Kaffee und die Cigarren ganz ausgezeichnet. Er steht auf, wann er will, — auch wo er will, nicht immer in dem reizenden Häuschen mit den Hundeköpfen. Dort wohnt Rahelchen noch immer, obgleich sie wirkliche, öffentliche, mehrfache Millionärin geworden ist. Das Häuschen mit den Hundeköpfen ist noch dasselbe, aber die innere Einrichtung ist eine andere geworden.

„Ich sage Ihnen, Alles ächt pompösisch", erklärte Helenus. „Die Wandmalerei, die Möbel, alles ächt pompösisch."

Und wirklich Alles pompejanisch, bis auf die Spucknäpfe herab. Alles mit grellrother Farbe bemalt, die Wände, die Oefen, die Krüge und Trinkgefäße, — manchmal auch die Wangen Rahelchens. Dieser Luxus ist auch nothwendig, denn seit dem vorletzten Winter sieht Rahelchen vornehme Gesellschaft bei sich. Wirkliche, eigene, nicht geliehene, nicht übertragene, nicht defekte vornehme Gesellschaft.

Die fünf Hausfreunde aus der Zeit des ersten Gatten sind verbannt, Rahelchen will nur „besprochene" Leute bei sich sehen und sie hat ihr Ziel erreicht. Sie giebt „jour fixe", Sonnabend, alle vierzehn Tage, und an diesem jour fixe erscheinen bei ihr fünfzig bis hundert Menschen, von denen mindestens die Hälfte „besprochene", Künstler, Schriftsteller, Abgeordnete, — sogar Grafen. Was will sie mehr? Rahelchens Sonnabende sind in der Stadt berühmt. In der Oeffentlichkeit leben und von Rahelchen nicht eingeladen werden, wird bald eine Schande sein. Rahelchen hat nur noch einen Wunsch: daß ein gelesenes Blatt ein Feuilleton über ihren jour fixe aus einer „besprochenen" Feder bringe. Dann ist auch sie „besprochen" und kann ruhig sterben. Müde genug ist sie dazu, müde wie ihr erster Gatte auf seiner Jagd nach Millionen, müde wie eine Danaïde. Einen solchen jour fixe zu sammeln, es war keine kleine Arbeit. Ihn aber zusammenzuhalten, der immer auseinander zu fallen droht, — es ist aufreibend.

Zuerst galt es, regelmäßiger Gast eines andern berühmten jour fixe zu werden. Dr. Münster's Montage mußten erobert werden. Dr. Münster ist einer der bedeutendsten Schriftsteller Deutschlands, Besitzer eines der einflußreichsten Blätter, Gatte einer der geistreichsten Frauen, Vater einiger der liebenswürdigsten Mädchen, — es ist natürlich, daß Jeder seine Montage aufsucht, der mit Dr. Münster in geistigem Verkehr steht, d. h. die gesammte Kunst und Literatur, ferner Jeder, der seinen Einfluß benutzen, mit der Hausfrau plaudern oder die Töchter bewundern will. Eine Einladung zu Dr. Münsters Montagen ist ein passepartout für die gute Gesellschaft.

Rahelchen brauchte redlich ein volles Jahr, um eine solche Einladung zu verdienen. Helenus abonnirte auf achtzig Exemplare des einflußreichen Blattes, das Dr. Münster herausgab, — umsonst. Rahelchen widmete Tausend Thaler dem Verein, an dessen Spitze Frau Dr. Münster stand, — umsonst. In einem Wohlthätigkeitsbazar kauften Rahelchen und Helenus dem jüngsten Fräulein Münster alle ihre Zahnstocher zu 10 Mark das Stück ab, — umsonst. Als Fräulein Ada Münster einmal auf dem Skating-Ring stürzte, eilte Helenus hinzu, um ihr seine Gummiräder zum Nachhausefahren anzubieten, — umsonst. Ada hatte nicht ein einziges Bein gebrochen! Umsonst, Alles umsonst.

Die Saison war vorüber; es galt das Aeußerste. Münsters brachten die Sommermonate in Thüringen zu, in dem kleinen Ruhla. Rahelchen und Helenus reisten auch nach Ruhla. Endlich! Man wurde bekannt, der bestochene Kellner hatte sie an der table d'hôte neben einander gesetzt. Vier Wochen blieb man bei einander. Als man sich trennte, beklagte Rahelchen mit Thränen in den Augen, daß sie nun Münsters nicht mehr sehen werde.

"Wir werden einander ja wohl auch in Berlin begegnen", meinte Dr. Münster trocken. Er dachte an die schönen, breiten Straßen Berlins.

"Aber wir müssen den ersten Besuch machen," fiel Rahelchen triumphirend ein.

"Es wird uns freuen", antwortete Dr. Münster höflich, aber verwundert. —

Der Zufall wollte es, daß Rahelchen ihren ersten Besuch Abends am ersten von "Münsters Montagen" machte. Sie hatte keine Ahnung gehabt, sie war untröstlich, aber sie blieb, blieb, blieb, als Alle schon gingen. Erst, als der Morgen graute, verließ sie den einsamen Salon. Dr. Münster war bereits vorher schlafen gegangen. — Seit jener Nacht hat Rahelchen keinen von "Münsters Montagen" ausgelassen. —

Heute — wie gesagt — sieht sie mit wenigen Ausnahmen die Gäste des Münster'schen Hauses A auch in ihrem Salon. Dr. Münster selbst gehört zu den Ausnahmen. Aber Dr. Münster ist ein galanter Mann und hat keinem seiner Freunde verrathen, wie er mit Rahelchen bekannt geworden.

Rahelchens Triumph ist ein wohl verdienter. Nicht jede Frau vermag einen vollständig eingerichteten jour fixe herzustellen. Der richtige jour fixe ist, wie eine moderne Schlacht, ein Kunstwerk, bei dem viele Menschen verbraucht werden.

Zu einem richtigen jour fixe, besonders wenn er am Sonnabend stattfindet, gehören Millionäre. Helenus hatte deren, so viel als er wollte; — „mboh, ich selber bin ein halbes Dutzend."

Rahelchen brauchte junge Leute. Sie hatte an den eingeladenen jungen Mädchen mächtige Bundesgenossen. Aber Rahelchen brauchte auch Sterne, Fixsterne für diese Trabanten und Planeten. Die Sängerin R... war mit einem der Millionäre — befreundet, die Tragödin Z... wurde dazu von Helenus angebetet, beide Damen kamen regelmäßig. Aber Rahelchens Ehrgeiz war noch nicht befriedigt. Sie brauchte noch einen berühmten Dichter und einen berühmten Künstler. Die Wahl war leicht getroffen, die ältesten sind ja immer die berühmtesten. Zum Künstler verhalf ihr ein glücklicher Zufall. Meister Karsen, der weltberühmte Bildhauer hatte mit seinem letzten Werke ein seltsames Mißgeschick erlebt. Ein fürstlicher Kirchenpatron hatte bei ihm die Statue des heiligen Sebastian bestellt, das Werk jedoch nicht angenommen, weil — wie er sagte — „gewisse Besucherinnen der Kirche einen solchen Märtyrer nicht ohne Gefahr würden erblicken können." In der That war der Todeskampf des armen, nackten Mannes mit einer Naturwahrheit dargestellt, der gegenüber höchstens Mediziner ein leichtes Unwohlsein niederzukämpfen vermochten. Das verschmähte Werk stand nun hilfesuchend in der Kunstausstellung und war dort ein Gegenstand lebhafter Erörterungen.

Eines Tages baumelte ein Zettel mit der Inschrift „Verkauft" von der großen Zehe des Heiligen. Rahelchen war die Käuferin; und bald stand die Statue auf einem schönen Sockel in ihrem pompejanischen Speise = Saal. In den nächsten Wochen wurde an Rahelchen's Sonnabenden nur wenig gegessen und getrunken. Der bösartige Sebastian vertrieb den Hunger von selbst. Da erschien plötzlich Meister Karsen. Er mußte die Ehre seines Werkes retten, aß und trank, als ob gar kein krampfhafter Sebastian gegenüber stände, und als er durch sein Beispiel die Gäste endlich an den furchtbaren Anblick seines Werkes gewöhnt hatte, — da saß er in der Falle. Er hatte sich inzwischen selbst an Rahelchen's Haus gewöhnt.

Nun fehlte noch der Dichter. Der siebenzigjährige B... war der einzige Lebende, den man als Ersatz für den durch seinen Tod leider für Rahelchen unbrauchbar gewordenen Goethe gelten lassen konnte. Mit B... hatte Rahelchen leichtes Spiel.

Freilich der erste Angriff mißlang. B... suchte eine Wohnung in der Thiergartenstraße. Helenus bot ihm die Hälfte seines Häuschens an. Lage, Zimmer, Alles behagte dem berühmten B... auf's Beste, nur vor der Höhe des Miethzinses schreckte er zurück.

„Gönnen Sie sich den Lux!" rief Helenus. „Die Nachbarschaft eines B... ist tausend Thaler werth, die Wohnung kostet zwölfhundert, nun, werden Sie zahlen zweihundert."

B... lehnte das vortheilhafte Anerbieten ab. Aber er liebte ein gutes Glas Pilsener Bier. Rahelchen erwarb ein Faß aus der „bürgerlichen Brauerei" und sandte es dem Dichter als Zeichen ihrer Huldigung zu. Dem konnte B... nicht widerstehen. Er machte den verhängnißvollen ersten Besuch.

Jetzt kommt er zu jedem jour fixe, wo er in einem einsamen Zimmerchen dasselbe Getränk mit Kennermiene prüft. Als Rahelchen ihm wieder einmal ein Fäßchen in's Haus geschickt hatte, blieb er zwei Wochen lang aus. So lange hatte das Bier vorgehalten. Jetzt hält man ihn kurz. Das Bier wird nur bei Rahelchen ausgeschenkt. Kein jour fixe, — kein Pilsener.

Rahelchen steht auf dem Gipfel ihrer Lebensaufgabe. Junge Musiker widmen ihr ihre ersten Compositionen, die Rahelchen auf eigene Kosten drucken läßt, junge Lyriker richten an sie die gereimtesten Gedichte, welche häufig mit goldenen Ringen beantwortet werden, junge Dramatiker, die an der Einsicht der Theaterdirektion verzweifeln, lassen ihre Stücke in Rahelchens Salon aufführen. Rahelchen ist „besprochen." Auf ihren Sophas sitzen nach einander die „besprochensten" Menschen.

Und Rahelchens Ruf steht bei Alledem unantastbar da. Es giebt keinen diskreten Herrn unter all' diesen „besprochenen" Menschen, der sich irgend einer kleinsten von Rahelchen gewährten Gunst rühmen könnte.

Inhalt.

Der Herr der Schmuggler

Auch ein Künstler . .

Eine Floßfahrt auf der Donau .

Unter Barbaren . . . . .

Die Wendeltreppe . . . .

Bei Fräulein Doctoressa .

Rahelchen . .